It Chooses You

Miranda July
with photographs by Brigitte Sire

あなたを選んでくれるもの

ミランダ・ジュライ
写真 ブリジット・サイアー
岸本佐知子 訳

CREST BOOKS
Shinchosha

ジョー・パターリックと奥さんのキャロリンに

IT CHOOSES YOU

by

Miranda July

with photographs by Brigitte Sire

Japanese edition published by arrangement

with The Wylie Agency UK, Ltd. through The Sakai Agency

Photographs on page 221 are by Aron Beckum.

Typographic direction by Project Projects

Design by Shinchosha Book Design Division

あなたを選んでくれるもの

恋人と付きあいはじめて最初の二年間、毎晩彼の家に寝泊まりしていたのに、自分の服はなにひとつ、靴下一足、パンツ一枚、自分の家から動かさなかった。だから何日も同じかっこうで過ごし、隙を見つけては何ブロックか先にある穴ぐらみたいな狭苦しい自分の家に着がえに帰る、ということをずっと続けていた。きれいな服に着がえてしまうと、わたしは部屋の中を魔法にかかったような気分でふわふわと歩きまわった。そこは彼と出会う前のわたしの人生のタイムカプセルだった。何もかもが元のままだった。ローションやシャンプーのいくつかはどろっとした層に分離してしまっていたけれど、前の彼氏の３Ｌサイズのコンドームは洗面所の引き出しにまだ入ったままになっていた。その人とするときは、いつも痛かった。食べ物はさすがに捨ててしまったけれど、白インゲン豆やシナモンや米のような保存のきくものはみんな、いつかわたしが自分の本当の姿——独りぼっちの女——を思い出し、ここに戻ってきて豆を水に浸す日を待っていた。とうとう自分の服を黒いビニール袋に詰めこんで車で恋人の家まで運んだときは、ほとんどやけっぱちみたいな気分だった。高校で髪を刈り上げにしたときや、大学をドロップアウトしたときもこうだった。発作的だし、悲惨なことになるのは目に見えてるけど、もうどうにでもなれ、だ。

その恋人の家に住んで、かれこれ四年になる（服なしで通した最初の二年間をべつにして）。彼とはその後結婚したから、ここを自分の家だと思うようにもなってきた。でも完全にではない。わたしはその小さな穴ぐらの家賃をまだ払っていて、自分の持ち物はほとんどそこに残してある。3Lサイズのコンドームだけは、なんとかして巨根のホームレスの人に譲《ゆず》る手だてはないかとあれこれシナリオを考えたあげくに、先月捨てた。そこを手放さずにいるのは、一つには家賃が安いということもあるけれど、そこで物を書いているからでもある。わたしはその穴ぐらを仕事場にしたのだ。それに、万が一なにかがどうしようもなくダメになってしまったり、わたしが我に返って、人類史上もっとも孤独な人間の地位に返り咲いたりしたときに備えて、白インゲン豆とシナモンと米とが、いつでもそこにスタンバってくれている。

結婚して間もない、二〇〇九年のことだった。わたしはその小さな家で映画の脚本を書いていた。書くのはたいていキッチンのテーブルか、リサイクルショップで買ったシーツを敷いた、古いベッドの上だった。でも、きょうび物を書こうとしたことのある人なら誰でも身に覚えがあると思うけれど、そういう場所でわたしが何をしていたかといえば、書くお膳立てをすっかり整えておきながら、書くかわりにネットでいろいろなものを見ていただけだった。これはある程度は言い訳がたった。映画の登場人物の一人がやはり何かを（ダンスだ）創作しようとして、でもダンスするかわりにYouTubeで他人のダンスを見てしまう、という設定だったからだ。べつに仕事から逃げてるわけじゃない、これは取材なのよ。でもそれがどんな気分かなんて、本当は取材するまでもなく知っていた。沖に向かってどんどん流されているのに、波に魅入られて助けを呼ぶのも忘れている自分を見ている気分。まだネットというものがなかった時代の、もうちょっとちゃんと自己管理できていた作家たちが妬《ねた》ましかった。わたしなんて、脚本を一本と小説を一冊書いただけで、もうこんな時代が来てしまった。

ふしぎなのは、このぐずぐずが、脚本がもうあと一歩でできあがるという段になって始まったことだった。わたしは竜と戦って手足を失い、這いつくばって沼地を越え、やっとお城が見えたところだった。バルコニーで小っちゃい子供たちが旗を振っているのが見える。あとはただ野を一つ越えてみんなのところに行くだけだ。それなのにわたしはなぜか突然、とても、とても眠くなってしまった。子供たちがあっけにとられて見守るなか、わたしは前かがみになってがくんと膝をつき、目を開いたまま顔から地面に突っ伏す。そうしてじっと倒れたまま、アリが巣穴をちょこまか出たり入ったりするのを眺めている。もう一度立ちあがるのは、竜よりも、沼よりも、何千倍も難しいことのように思われた。だからわたしはその努力を放棄して、一つ、また一つ、さらに一つと、ひたすらクリックしつづけた。

映画の主人公はソフィーとジェイソンのカップルだ。二人はひどく年寄りで病気の野良猫〝パウパウ〟を引き取ることにする。その猫は生まれたての赤ん坊のようにつきっきりで世話をする必要があるのだが、赤ん坊とちがって、死ぬまでその世話が続く。猫はあと半年で死ぬかもしれないが、もしかしたら五年生きるかもしれない。ソフィーとジェイソンは猫を助けたいという気持ちのいっぽうで、もうすぐ自分たちの自由が失われてしまうのだと気づいて愕然となる。そこで猫を引き取る日のきっかり一か月前、二人は人生のムダとおさらばし――おたがい仕事を辞め、インターネットも解約してしまう――本当にやりたかったことだけをやろうと決める。ソフィーはダンスの創作に挑戦し、ジェイソンは環境保護団体のボランティアになって、戸別訪問で木を売る仕事を始める。一か月という時間が少しずつすり減っていくにつれ、ソフィーはどんどん煮詰まって身動きがとれなくなり、そんな自分に情けなさを感じる。そして自暴自棄な気分から、見ず知らずの男と関係を持ってしまう――サンフェルナンド・バレーに住む実直な五十男、マーシャルだ。マーシャルの住む郊外世界では、ソフィーは本当の自分から逃げていられる。そこにいるかぎりは、もう二度と何かに挑戦（そして失敗）しなくてすむのだ。ソフィーに別れを切り出されたジェイソンは、時間を止める。永遠の午前三時十四分に閉じこめられて、彼が話しあえる相手は月だけだ。物語はそこから、二人が自分たちの魂を見つけ、元の場所に帰ってくるまでを描いていく。

おそらく、あまり自信がもてないままこの脚本を書いていたのと、結婚したばかりだったせいで、映画は自然と〝信じること〟をめぐる――というより、信念を持てないことの悪夢をめぐる――物語になっていった。自分で自分の期待を裏切る女を描くのはぞっとするほど簡単だったが、問題はジェイソンのパートだった。彼のシーンがまるきり思い浮かばなかった。わかっているのは最後だけだ。映画の終わり近くで彼は、自分が木を売り歩くのはそれで何かが変わると思っているからではなく――そんなことをしても手遅れだと本当は思っている――この地球という場所が好きだからなのだ、と気づく。それを身をもって示すために、こんなことをしていたのだ。物を書くことや誰かを愛することと、少し似ているかもしれない。何の見返りも得られないかもしれないけれど、それでもあきらめずに続けていると、知らず知らず何か意義が生まれていたりする。

最初と最後は見えていた。あとはいかにして説得力のある中間部分を考えつけるかだった――ジェイソンが訪問販売によっていろいろな人と触れあい、場合によっては彼らの家の中にまで入り、そこで面白かったり、心が浮き立ったり、目の前がぱあっと開けるような会話を交わす部分を。じつを言うと、台詞を書くのはわけもなかった。わたしは木を売るシーンの案を六十とおり思いついて、六十とおりのシナリオを書き、その一つひとつが本当に天才的に思えた。一つ書くたびに、ああやっと欠けていたピースが見つかった、これで話が完成した、と思い、心が浮き立つような、目の前がぱあっと開けたような気分になった。一つ書くたびに、ふう、たまには手こずることもあるけれど、信念をもって努力しつづければ結果はちゃんとついてくるものね、と思い、哀しげに独り笑いしながら、書いたシナリオを信頼できる人たちに意気揚々とメールで送った。そしてその翌日、ひどいときには一時間後には、もうこんなタイトルのメールを送るはめになった――〈前に送ったシナリオは読まないで！　もうすぐ新しいのを送るから！〉

そんなわけで、わたしはもうすっかり信念もへったくれもなくなっていた。地面に倒れてアリを見つめていた。自分の名前をググって、わたしがいかにウザいかについて書かれたブログの中に暗号化されて埋めこまれているかもしれない答えを探しつづけた。それまではお酒というものが今ひとつ理解できなくて、そのせいで疎外感を味わっていたわたしが、いまや毎日あの小さな家から戻ってくると、まずはワインをひと口飲んでからでないと夫と会話をしたくなくなった。三十五年間ずっと自分とみっちり向きあってきたけれど、もう今度こそうんざりだった。わたしは自然食品のお店で見つけた新種のお茶のことでも話すように、お酒の話をした――「味は変なんだけど、不安を和らげてくれるし、すごくフレンドリーな気分になれるの。おすすめよ!」。わたしは陰気に家事に精を出すようにもなった。大きな音をたてて皿を洗った。こみ入った料理を作り、嫌悪と絶望をあらわにそれを出した。どうせ今のあたしにはこれしかできないみたいだし。

長々とこんなことを書いたのは、わたしがなぜ火曜日を心待ちにしていたかを説明したかったからだ。火曜日は『ペニーセイバー』の小冊子が届く日だった。いろいろなクーポンやジャンクメールに混じって、それは届く。わたしは昼ごはんを食べながらそれを読み、食べおわったあとも、書かないことにすぐに戻る気がしなかったので、たいていいちばん最後の不動産のページまでぜんぶ読み通した。わたしはすべての広告を一つひとつじっくり吟味した――買い手としてではなく、好奇心旺盛な一ロサンジェルス住民として。どの広告も、うんと短い新聞記事のようだった。速報：LA在住の某さん、ジャケットを売りに出す。ジャケットは革。そして黒のLサイズ。某さんはそれに十ドルの価値があると考えている。ただしその値付けに絶対の自信があるわけではないので、値引きについて検討する用意もある。わたしはこの革ジャケットの人の考えていることをもっと知りたいと思った。この人がどんなふうに日々を過ごしているのか、何を夢見、何を恐れているのか、知りたいと思った。でもそんなことは広告のどこにも書いてなかった。書いてあるのは、その人の電話番号だけだった。

いっぽうにはジェイソンと木をめぐるフィクション上の問題があり、もういっぽうにはこの電話番号があった。ふつうなら絶対にかけることのない番号だ。革のジャケットはぜんぜん欲しくなかった。でもこの日にかぎっては、パソコンにはどうしても戻りたくなかった。脚本にというだけでなく、ネットに、ネットのもつ呪縛に。だからわたしは電話を手にした。こういう〈売ります〉広告では、売りに出ている商品について訊ねる以外の目的では電話をしないのが暗黙のルールだ。けれどもアメリカにはいつだって、ここは自由の国だというもう一つのルールがあったし、わたしはどうにかしてその自由を味わいたいともがいていた。これを逃したら、今日いちにち自由を感じるチャンスは二度とないかもしれないのだ。

わたしの被害妄想的世界では、わたしはこの世のすべての店主から万引き犯だと思われていて、すべての男性から売春婦かレズビアンだと思われていて、すべての女性からレズビアンか高飛車だと思われていて、すべての子供と動物からわたしの邪悪な正体を見抜かれていた。だから電話をかけるに際しては、なるべく自分以外のべつの誰かになるように気をつけた。革ジャケットのことをたずねるときは、『ビーバーちゃん』（五〇年代に放映されたアメリカの国民的ホームドラマ。八歳のわんぱく少年ビーバーが主人公）のビーバーの声の感じを採用した。わたしもあんなふうに、相手の人から呆れながらも大らかに許されたかった。

電話に出たのは、ひどく声の小さな男の人だった。いきなり電話をかけてもとくに驚いたふうではなかった——あたりまえだ、自分で広告を出したんだから。

「ジャケットはまだ売りに出てます。実物を見て決めてくれるんでかまいません」とその人は言った。

「そうですか、ありがとう」

そこで会話がとぎれた。わたしは今まで交わされていた会話と、自分が行こうとしている場所とのあいだの途方もない距離をはかった。そして、跳《と》んだ。

「あの、じつはですね。ジャケットを見にうかがったついでに、あなたの今までの人生のことと か、いろんなことについてインタビューさせてもらえないでしょうか。将来の夢とか、不安に思ってることとか……」

その問いのあとを襲った沈黙は、警報のようにけたたましかった。わたしは急いでつけたした。

「もちろんお時間とらせたぶんのお礼はします。五十ドル。たぶん一時間もかからないと思います」

「オーケー」

「ああ、よかった。あの、お名前は？」

「マイケル」

Michael

マイケル

Lサイズの黒革ジャケット

10ドル

ハリウッド

自分の穴ぐらから這い出すきっかけができたのは、すばらしいことだった。わたしはバッグにヨーグルトとリンゴ、ミネラルウォーターを何本か、それに小型のテープレコーダーを詰めた。マイクロカセットテープを使うタイプのレコーダーだった。二十六歳のとき、映画監督のウェイン・ワンが送ってきたテープを聴くために買ったもので、そこには自分の性体験についてしゃべっているわたしの声が録音されていた。彼が準備中だった映画の取材でインタビューを受けたのだ。お金が欲しかったし、自分のことを話すのが好きだったから引き受けはしたものの、えらく妙な活動にかかわってしまったものだと長いこと思っていた。でもいま、小型のテープレコーダーをバッグにしまいながら、わたしは何となくワン監督の気持ちがわかる気がした。たぶん彼も自分が頭の中でこしらえたのではない、本物の人間と話がしたかったのだ。職業病なのかもしれない。

わたしはカメラマンのブリジットと、わたしのアシスタントのアルフレッドとともに、車でマイケルの家に向かった。ブリジットはわたしの親戚と友人全員に会っていたが、付きあいが長いわけでも特別親しいわけでもなかった。わたしの結婚式のカメラマンをつとめてくれたのだ。彼

女の撮影機材のおかげで、このお出かけもずいぶん恰好がつく気がした。これならジャーナリストとか探偵とかいってても通るんじゃないか。アルフレッドについてきてもらったのは、レイプ防止のためだった。

　着いた先は、ハリウッド大通りに面した大きな古びたアパートだった。きっと三〇年代には俳優の卵が住むようなアパートだったのだろうが、今ではすっかり最底辺の安宿といった感じだった。わたしの住む世界が特別いい匂いだとか、そんなことを言うつもりはない――ただわたしの家やわたしの友だちの家やスーパーマーケットやわたしの車や郵便局には、わたしの嗅《か》ぎなれた匂いがある。わたしはここの、むっとこもったような甘ったるさと、三十年前に何かをホットプレートで焦がしたような匂いが混ざりあったこれも、嗅ぎなれた匂いなんだと自分に暗示をかけようとした。そしてほんのささやかな、たとえばエレベーターに乗って3と書かれたボタンを押したら、エレベーターが上昇して、ちゃんと同じ3の数字のついたフロアに停まった、というようなことにも感謝しようと努力した。

　ドアが開いて、その向こうにマイケルが立っていた。六十代後半、太い胴回り、広い肩幅、丸っこい鼻、赤紫のブラウス、ふくらんだ胸、ピンクの口紅。ドアを全部開けきる前に彼は小さな声で、自分はいま性転換の途中なのだと告げた。まあそうなんですか、とわたしが言うと、彼はどうぞ入って、と言った。中はワン・ベッドルームの部屋だった。リビングとキッチンスペースのあいだの床にカーペットとリノリウムをつなぐ金属の細いレールが一本通っていて、それが二つの境界線の役を果たしているようなタイプの部屋だった。彼にLサイズの革のジャケットを見せてもらいながら、わたしはなんだか有名人を生で見たような興奮を感じていた。いま、わたしの目の前に本物がある。革の表面に触れた瞬間、目まいのような感覚に襲われた。現実のものと触れあったときに、たまにこの現象が起きる。デジャヴに似ているけれど、前にも一度これを経験したという感覚ではなく、今はじめてこれを経験しているんだ、それまでのことはぜんぶ頭の中のことだったんだ、という思いに打たれるのだ。

わたしたちは、ごくありふれたそのジャケットを褒《ほ》めたたえるようなことを二、三口にして、それからわたしがテープレコーダーを回してもいいかとたずねた。マイケルが診察室にあるような椅子に座り、わたしはカウチに腰をおろした。用意してきた質問表を見てみたが、もはやどれも的はずれに思えた。

ミランダ　性転換は、いつから始めたんですか？

マイケル　半年前から。

ミランダ　で、いつごろから、ご自分が、その――

マイケル　ああ、それはもう子供のときから。でもずっと隠してたの。一九九六年にいったんカムアウトしたんだけど、またクローゼットに逆戻りしてしまって。でも今度はもうクローゼットには戻らないで、性転換を最後までやりとげるつもりです。

ミランダ　じゃあ、最初のときはいろいろとつらかったんでしょうね。何かいやな思いをしたとか？

マイケル　いえ、べつにつらくはなかった。ただ何となくそうしようって決めて、なんでまたクローゼットに戻ってしまったのかは自分でもわからない。そのへんの心理的なことは、はっきりさせるためにいま分析医にかかってるの。

マイケルの声はとても小さく、抑揚のない話しぶりは、何かちょっと薬でもやっているのではと思わせるものがあった。ワイルドな類《たぐい》のものではなく、たとえば緊張をほぐすための筋弛緩剤とか。そう思うと気が楽になった。わたしのぶしつけな質問と彼とのあいだに何かしらクッションがあることが、ありがたかった。わたしも筋弛緩剤をやっていたかった。

ミランダ　カムアウトする前は、どんな人生だったんですか？

マイケル　他の男の人みたいになろうと努力して、心の中は女の気持ちだっていうことを隠してた。そうだっていうのは子供のころから気づいていたけど、カムアウトするのはずっとすごく怖かった。でもゲイの人たちはもっとカムアウトするべきだっていう運動があって、そういうのはよくないってわかったの。

ミランダ　お仕事は何をなさってたんですか？

マイケル　自動車修理の仕事を、自分で。

ミランダ　で、今は？

マイケル　今はもうリタイアしてる。

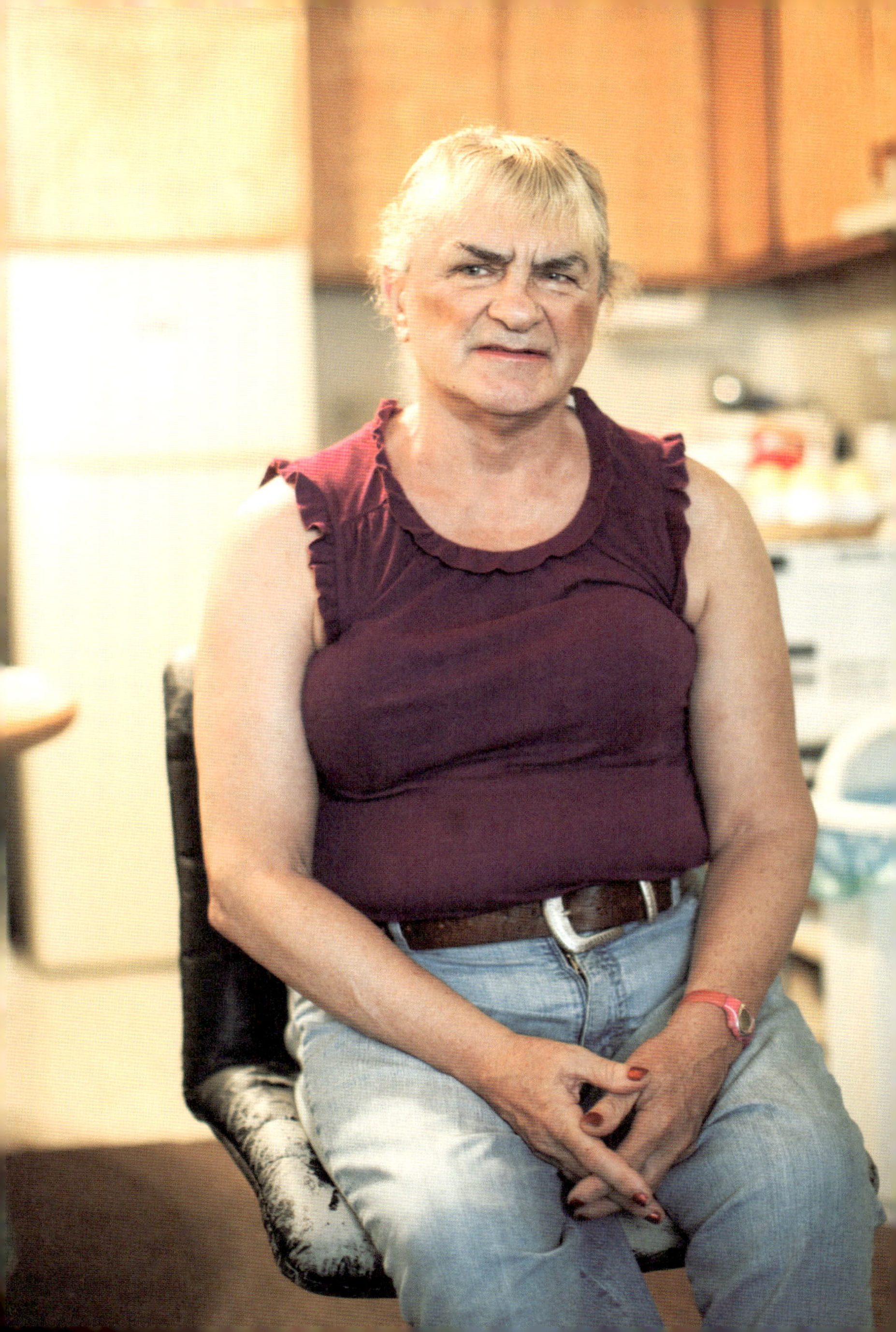

ミランダ　じゃあ、今はどうやって生活してるんですか？
マイケル　生活保護。ここのアパートはセクション８（低所得者向けの、国の補助金つきの物件）だから、家賃はリーズナブルなのね。ここの前はハリウッドの、うんと安い下宿屋に住んでた。
ミランダ　毎日どんなことをしてるんですか？
マイケル　買い物に行ったりテレビ見たり、あとは健康のために散歩したり。
ミランダ　どんな番組を見るんですか？
マイケル　『ザ・プライス・イズ・ライト』とか、あとニュースとか。
ミランダ　ここにいて、人とのつながりはありますか？
マイケル　仲間はいます。毎週金曜日にマッカデンのゲイ・レズビアン・センターでやってる性転換者向けの交流会に通ってて、そこに行くと他の性転換者にたくさん会えるから。男から女の人も、女から男の人も、両方。メインの手術を四十年も前に受けたっていう人とも二人、そこで知りあったの。

わたしが部屋の中を見せてもらってもいいかと訊ねると、マイケルはどうぞと言った。彼は椅子から動かず、わたしたちが無言で部屋を歩きまわって、いろいろなものをしげしげと見つめるのを黙って眺めていた。

ガレージセールに来ているみたいだ、と思った。他人の一生ぶんの人生を貪欲な目で無遠慮に眺めわたしているような気分。わたしは何秒かに一回、とても興味ぶかいです、というようにマイケルのほうに眉を上げてみせたが、彼は無反応だった。

ミランダ　ここのビデオのコレクション、見てもかまいません？

マイケル　ああそれ、全部ポルノだけど。

わたしは、もちろんポルノ完璧に何の問題もありません、というようににっこりほほえんでみせた。

マイケル　ならどうぞ。

わたしは床に膝をついてビデオテープを見ていった。どれも女性、というか、すくなくとも見た目は女性が出ている映画だった。わたしは頭の中でいまふうの計算をした。男性から女性への性転換者＋ストレートの男性向けポルノ＝この人はレズビアンになりたい？

ミランダ　女性が好きなんですか？

マイケル　ストレート向けのポルノと、性転換者《トランス》のポルノと両方あるの。あとは女だけど下がついたまんまのとか。まあいろいろね。

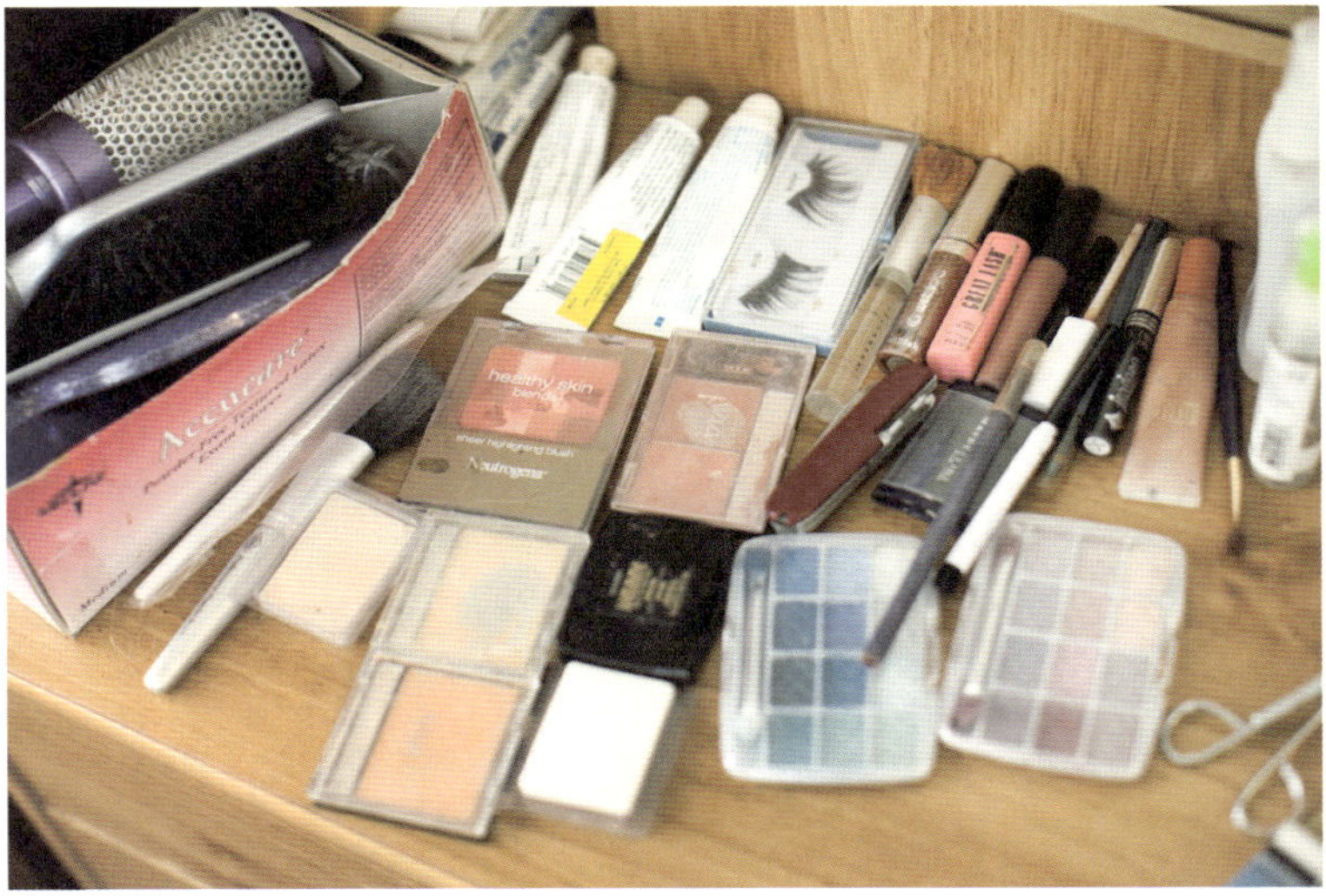
healthy skin
Neutrogena

それを聞いてわたしの頭の中はさらなる疑問でいっぱいになったが、訊ねる勇気はなかった。わたしはあらかじめ用意してきた質問リストをポケットから出した。

ミランダ パソコンは持ってますか？

マイケル いえ、持ったことない。そのうち買おうとは思っているけど。図書館で使うくらい。

ミランダ 欲しいけれど、手が届きそうにないものってあります？

マイケル ないわね、この歳になると。

ミランダ もう割り切った？

マイケル そうね。あとは性転換の手術をやりとげることかな。それだけが今の望みね。その時がすごく待ち遠しい。

ミランダ 今までの人生で、いちばん幸せだったのはいつですか？

マイケル わたしは毎日をエンジョイしてるのね。だからいつも幸せなの。この時とこの時とどっちが幸せだったとか、そんなふうには言えない。そんなふうに考えたことないし。

ミランダ でも毎日をエンジョイできる人って、そうそういないじゃないですか。それって、生まれつきそういうタイプだっていうことでしょうか、それともご両親の教育の賜物？

マイケル いえ、生まれつきそういうタイプだったんでしょ。誰かにそうしろって教わったことはないし。

わたしがブリジットに「?」を投げかけると、彼女はこっくりうなずいた。大丈夫、もうぜんぶ撮ったから。そこでわたしたちはマイケルにいとまを告げ、ぎこちない別れのあいさつをいくつも積み重ねると、無言のままエレベーターで一階まで下りた。外に出ると、ハリウッド大通りには陽がふりそそいでいた。わたしが毎日車で通る道だ。これからはこのアパートの前を通るたびに、あの中にはマイケルがいるのだ、生活保護で暮らしながら毎日をエンジョイして、人生のたった一つの夢――女に生まれ変わること――のかなう日を夢見ているのだ、と考えることだろう。彼の迷いのなさに、わたしは目が覚めた思いがした。心が軽く、背筋がすっと伸びた気がした。このほとんど不可能に近いチャレンジに彼が信念をいだいている証《あかし》は、いたるところにあった――ピンク色のブラウス、洗面所に散らばるメイク用品、張形《ディルドー》みたいな形の手作りのウィッグ・スタンド。一つとして降参の白旗はなかった。彼は誰かみたいに旅の終わりに眠くなったりなんかしない。それどころか、長い人生経験の果てに、ついに自分の本当にしたいことをつかんだのだ。

わたしは机の前にばかりいて、いつの間にかちぢこまり、近視眼的になっていた。冒険することを忘れていたし、そういう選択肢があったことさえ忘れていた。書けないのなら、その書けなさととことん向き合うべきなんだ。決めた。もうパソコンの前には座らないし、あとちょっとでいいアイデアが浮かぶかもしれないなんていう考えも捨てる。会ってくれる『ペニーセイバー』の売り手がいるなら、行って片っ端から会おう。それが自分の仕事であるかのように、真剣にやろう。もっとましなテープレコーダーを買おう。そして不器用で役立たずな新米ソーシャルワーカーみたいに、ロサンジェルスじゅうを車で走りまわろう。なぜかって? 本当に、なぜなんだ

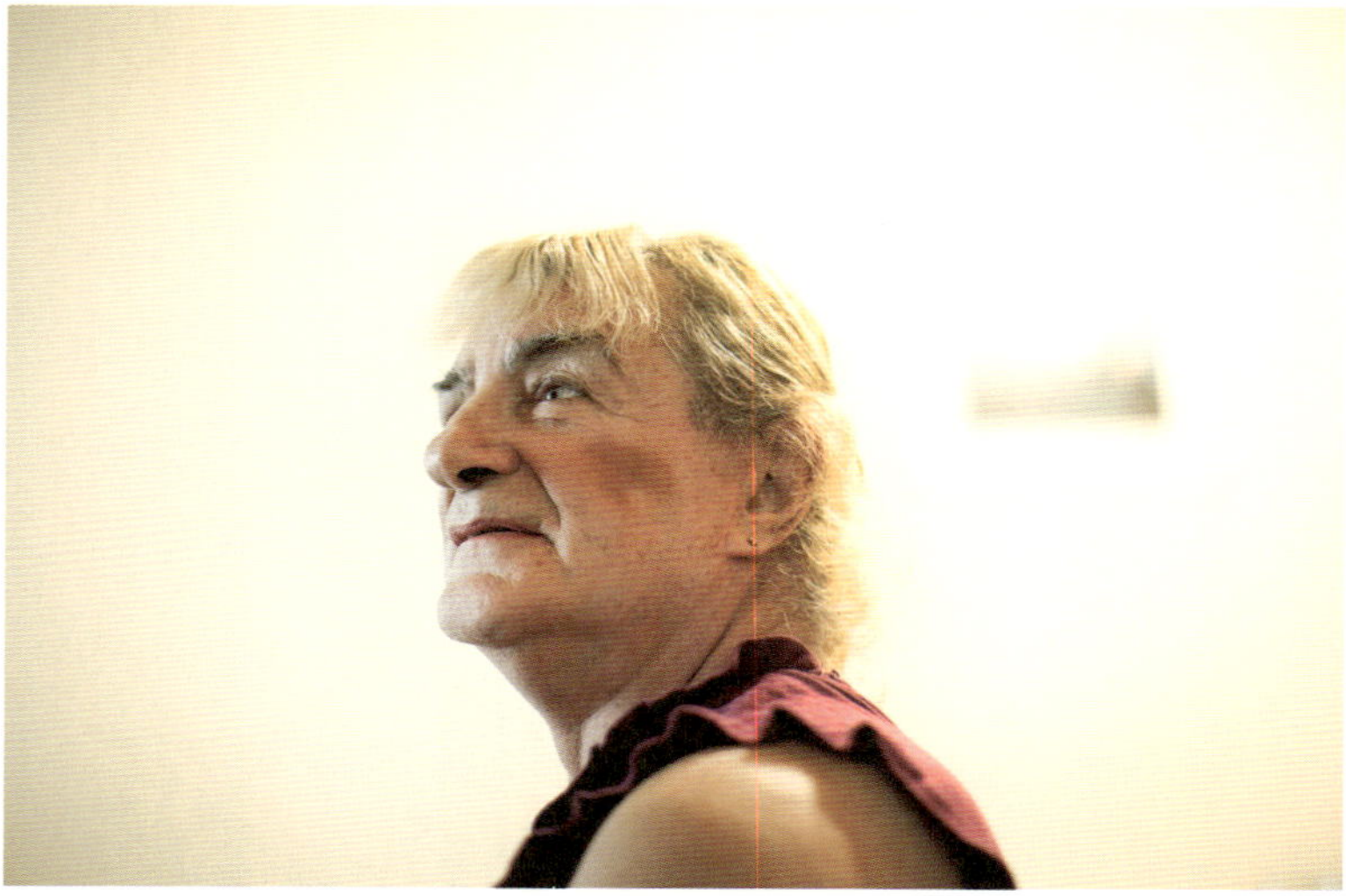

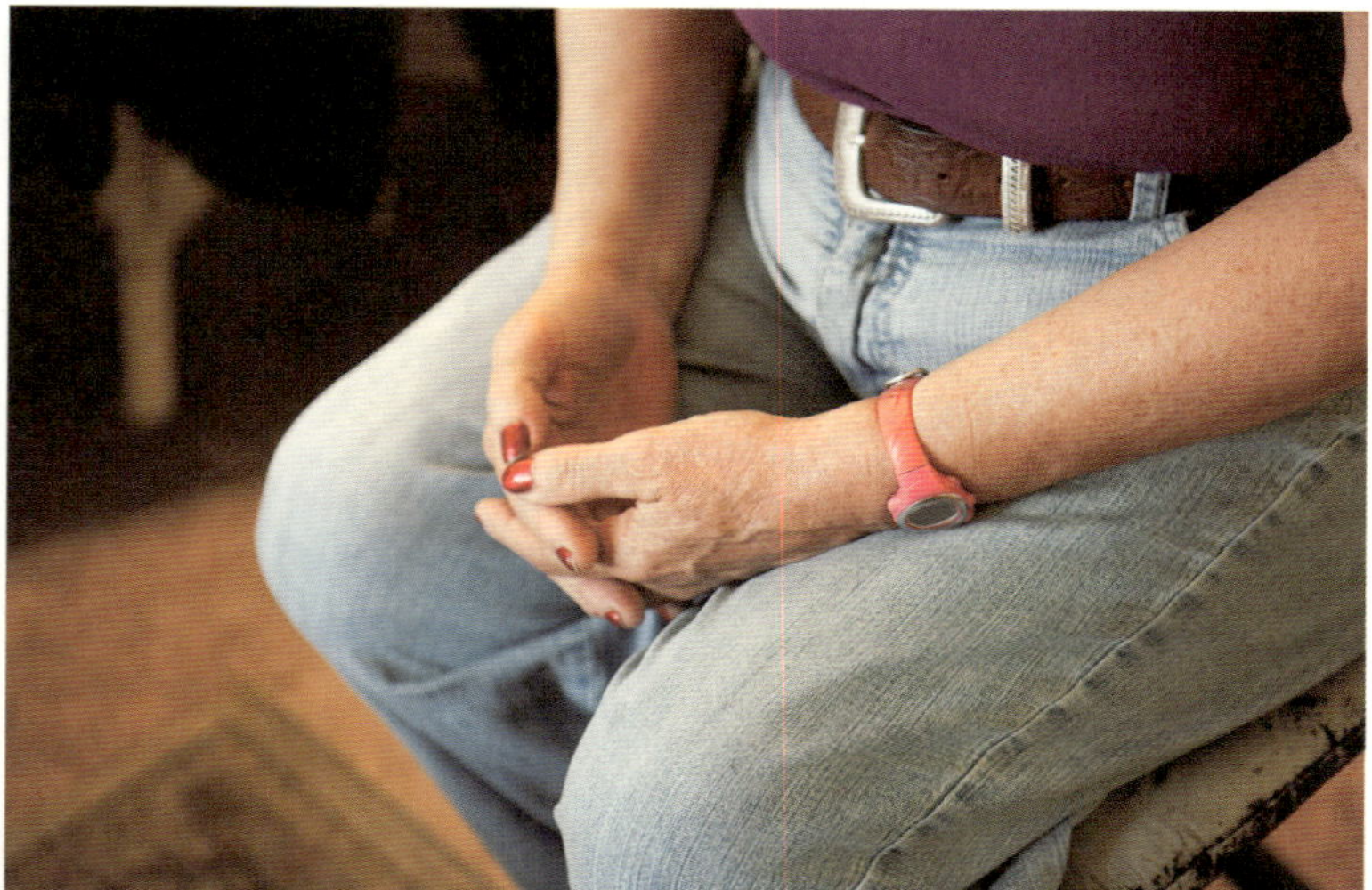

ろう。この新しい仕事が、きっとその問いに答えてくれるはず。

見ず知らずの人の家に電話をかけるのには毎回ためらいがあったけれど、それでも勇気をふりしぼってやった。だってわたしにはもうこれしかないのだ。電話をかけなければ、そのままずるずると他のこともやらなくなってしまうだろう。朝、ベッドから出るのと同じだ。わたしは一番めの品物から始めて（2000年の刻印のある銀のペアのシャンパングラス、二十ドル）、順ぐりに一つずつ電話をかけていった。たいていの人はインタビューを断ったから、たまにOKと言ってくれる人がいると、まるでその人に「OK、じゃああなたがインタビュー代の五十ドルを払ってくれたら、お返しにわたしがあなたの映画に百五十万ドル出資してあげましょう」と言われたみたいに有頂天になった。そう、それがわたしの抱えるもう一つの問題だった。わたしがこの映画を書くのに手こずっているあいだに、好景気は塵と消えてしまった。一年前には大乗り気でわたしと会ってくれていたスポンサーが、どこも急に、ナタリー・ポートマンが主役でなければ金は出せないと言いだしていた。それがわたしの中のライオット・ガール魂に火をつけた。わたしはビバリーヒルズでのお行儀のいい話し合いを終えて会議室を出ながら考えた——素っ裸で、お腹に黒マジックで完璧なメッセージを書いて、もう一度ここに戻ってきてやろうじゃないの。でも彼らの理路整然とした、隙のない冷たさに対抗できる完璧なメッセージとはいったい何だろう。わからなかった。だからわたしは服を脱ぐのを思いとどまり、彼らとはちがってわたしの申し出を無条件でOKしてくれた人の家に車を走らせた。インドの衣装を一つ五ドルで売りに出している女の人の家に。

Primila

プリミラ

インドの衣装

各5ドル

アーケーディア

それまでわたしは、すごくお金持ちの人たちは『ペニーセイバー』なんて利用しないものだと思っていた。でも行く手にあらわれたプリミラの家に、小塔やら、たぶん欄干らしきものまでが（欄干《バラストレード》がどんなものかは知らないけれど）ついているのを見て、その考えを改めた。そして一つらなりの音楽のように長いプリミラ邸のドアチャイムを聴くうちに、あらゆるものについて考えを改めたほうがいいような気がしてきた。自分のセクシャリティ、職業、友人関係——何もかもが根拠を失って、きらきらしたチャイムの余韻といっしょに宙に浮いていた。教会の鐘の音も、もしかしたらこんなふうなんだろうか？　いまこの場で信心が芽生えてしまったらどうしよう？　わたしはそうならないように体の前で腕を組み、神秘の声や暗号めいたメッセージに耳を澄ますのよ、と自分に言い聞かせた。ビジョン・クエスト系のシナリオでは、たいてい些細《ささい》な気づきが事を左右することになっている。わたしは「木々には目がある」みたいな感じのメッセージが聞こえてこないかと耳を澄ませた。そのときは何のことだかわからなくても、それがあとでわたしの命を救うことになる。

インド系の中年女性がドアを開けた。インドの民族衣装ではなくて、ごくふつうの郊外の主婦

といった感じの服装だった。手にハエタタキを持っていて、猛然とハエを叩きながら、にこやかにわたしたちを迎え入れた。

ミランダ　今日はどうもありがとうございます。

プリミラ　それで今日のこれが何なのか、もう一度ちゃんと説明してくださる？　何かあなたたちのやってることについてのパンフレットとか記事みたいなものはあるの？　それともこれは会社？

ミランダ　いえ、わたしがただいろんな方に話をうかがってるんです。その人の人となりとか、何に興味をもっているかとか、どういう人生を送ってきたのかとか、そんなことを知りたくて。わたしは作家で、ふだん書いているのはフィクションなんですけど、これは……まあ、人間にはつねに興味があるので。それでこういう機会に──

プリミラ　あなた小説を書くの？　なにか特別なテーマとか方針とか様式はあるの？

ミランダ　それは……ええっと、なんて言えばいいのかな。まあたいていは、誰かが誰かと何らかの形でつながろうとすることだとか、そういうことの大切さだとか、そんなようなことです。それと、つながりたいのに、さまざまな形でそれを必要以上に難しくしてしまうことだとか。

プリミラ　いえねちょっと聞いておきたかったの。だっていきなりあなた──

ミランダ　ええ、ええ、ごもっともです。で、電話でもちょっとうかがいましたけど、いまテープを回してるんでもう一度うかがうんですが、どういう経緯で広告……『ペニーセイバー』では何を売ってらっしゃるんですか？

インドの衣装を売りに出してるの。山のようにあるから。目的は二つあって、まず一つはこういうエスニックな衣装がひょっとしたら好きかもしれないけれど、ふだんなかなか手にする機会がない人たちに届けたいということ。でも元はといえば、あれはちょうど一年ほど前の七月だったかしら、わたしたちインドに旅行して、とある村に行ったのね。主人の祖母がそこの出で、それで主人はその村には特別の思い入れがあるもんだから。それが近年、雨が少なかったり何やかやで作物が育たなくなっていて、村の人たちに言われたのよ、「どうかわたしたちにお金を送ってください。自動灌水システムが必要なんです」って。

それでわたしオープンハウス・セールをやって、インドで買ってきた衣装を売ったわけ。土曜、土曜と二度やって、それでいくらだったっけかしら……とにかく何百ドルも集まって、それを全部あっちに送って、そのお金で村は電動ポンプを買ったのよ。この四月に主人がまた向こうに行ったら、みんなポンプをとても喜んでいたのだけれど、こんどはもっと畑を広げたいっていうの。そこでわたし考えたわけ、そうだわ『ペニーセイバー』に広告を出してみましょう、それならこういうのを欲しがっている人たちの目に触れるかもしれないって。女の方が一人みえて、ずいぶんたくさん買っていったのよ。映画のエキストラの仕事をしてる人で、ラティーノの方なんだけど、ときどきインド人の恰好をしてくれって言われるそうなのね。だからとっても喜んでらした。

ミランダ　インドのどちらのご出身なんですか？

プリミラ　ボンベイ。父がボンベイ空港の気象官をしていたので。それで空港のすぐそばに家を建ててね。大きくて立派な三階建ての家だった。

ミランダ　人生でいちばん最初の記憶って、訊いてもいいですか？

プリミラ　ええ。二歳のころよ。ボンベイからイギリスに行くので船に乗っていたの。大きなドールハウスのようだった。あの時代はどこに行くのも飛行機じゃなく客船に乗ったものなの。まだ二歳だったけど、今でもはっきり覚えてるわ。わたしはプリミラという名前だけれど、誰にでも自分の名前はミセス・ハギスだと言っていたの。あれいったいぜんたいどうしてだったのかしらね。母に今でも言われるのよ、こんなおチビさんが——わたしはくるくるの巻き毛でね——わたしの周りに大人がいっぱい集まって「お嬢ちゃん、お名前は？」と聞くでしょ、すると言うの、「ミセス・ハギスです」って。それはもう断固言い張ってね。
　そのころはまだハギスを食べたことはなかったから、いったいどこからそんな……それともどこかでハギスのことを聞いて、それでイギリスのお料理だって思いこんだのかしら。

WALESPUR - "(WALLACEPUR)
Fields - 'haystacks'
PRIM - by the well used for iri
children by the well.
Susie, Protibha & Prim in the fields'
Village children - reading
Ivan and family beside Remus' house.
Wedding in the village
"Village folk" -

プリミラは家の中を案内してくれた。どこもかしこもぴかぴかに磨かれて、白いカーペットやフリルの服を着せて並べられた大きなお人形が、少女趣味だった。やがて彼女は自分のことを語りだした。マイケルのときと同じだった。わたしが記者でも何者でもないのを知っていながら、まるでこのインタビューがとても大きな意味をもつかのように、自分について語りはじめるのだ。でも、とわたしは気づいた。誰でも自分の物語は、その人にとってはとても大きな意味をもっているのだ。だからこちらが耳を傾ければ傾けるほど、彼女はますます熱心に語った。

プリミラ　わたしはテーマやメッセージのきちんとある詩を書くの。たとえば前は「毎日が贈り物」というテーマで書いたわ。感謝祭のあとに書いたのは「感謝をささげる十の理由」というの。あと「虹を探そう」とか——わたし、今までの人生でほんとにいろいろなことがあったけど、どんなときでも明るく前向きにって心がけてきたのね。何年か前に妹をガンで亡くしたときは本当にいたましかった。末期の大腸ガン。妹はまだ三十五歳で、小さい子供を四人も抱えていた。アメリカに呼ぼうとしたけど、ビザがどうやっても下りなかったの、あとひと月も生きられないっていうのに。インドの大使館にかけあったけれど、何度話してもノー、ノー、ノー、そんな話は信じられないって言うの。妹は見た目はとても健康そうだったから、信じてもらえなかったのよ。

ちょうどアメリカでは感謝祭のころだった。それでわたし、次の朝起きるなり言ったの、こうなったらいちばん上の人に電話をしようって。今でも忘れない、トム・フューリーという名前の人だった。でもなかなか取り次いでくれなくて。ああいうところはピラミッド式だもんだから。でもやっとその人が電話に出たから、わたし言ったの、「フューリーさん、一つだけ言わせてください。たとえわたしの妹が助からなかったとしても、わたしに悔いはありません、だってわたしはできることを全部やったし、妹もわたしたちがどんなに愛しているかを知っていますから」。そのあとでこう言ってやったの、「でも妹から最後の望みを奪うのに手を貸した人たちは、一生その咎《とが》を背負って生きていかなければならないんです。そして最後の審判のときに、その償いをすることになるでしょう」。それだけ言うと「さようなら」と言って電話を切ったの。なんとかビザをもらおうと三か月ねばった挙げ句がこれだった。

するとと夜中の二時に電話が鳴ったの。インドの母からだった。「プリミラ、信じられないことが起こったよ。大使館から電話があって、家族みんなにビザを出してくれるって」。兄がビザを受け取りに行ったら、こんなことは大使館の歴史はじまって以来一度もないって言われたんだそうよ。

妹は十二月二十四日に天に召されて、十二月三十一日にフォレスト・ローン墓地に埋葬されました。そのあとわたしが子供たちを引き取って育てたの。だから人生でどんなつらいことがあってもそこから学ぶことはあるし、人はみんな助け合っていけるものだし、そういうことを伝えていきたいと思っているのよ。

ミランダ

お仕事は、何を?

プリミラ　病院でリハビリ科の主任をしているの。二十三年間ずっと同じ職場。わたし、この仕事が本当に好きで好きで、だから二十三年で欠勤は一度もしたことがないのよ。電話をかけて「すみません、今日はちょっと休みます」なんていうことは一度もなかった。ところが今日のことなんだけど、部屋の内鍵をかけてしまってから――主人がインドに行っているあいだはいつも寝室に内鍵をかけるようにしているの――車のキーを入れたバッグを中に置いたままだったことに気がついたの。もうどうしていいかわからなくて。部屋の前まで戻ってドアをがしゃがしゃやってみたけれど、びくともしない。それで考えたわけ、さあどうしよう？　そうだ息子に電話だ。そしたら息子はこう言ったの、「お母さん、一度も仕事を休んだことがないんだろ？　僕いま忙しいんだよ。きっと今日がその日なんだよ。言い訳は立つよ、だって車がないんだから」。わたし言ったわよ、「馬鹿おっしゃい。それだけは絶対にいやよ」。もしわたしが仕事に来ない日があるとしたら、それはわたしが死んだ日なんですからね。だからもういっぺん部屋の前まで行って、とにかくドアを揺さぶりに揺さぶって、それでとうとう開いたの。

ミランダ　ドアを壊したんですか？

プリミラ　ええ。

プリミラはわたしたちを二階に連れていって、蝶番《ちょうつがい》のところでぶら下がっているドアを見せてくれた。それから家の二か所、壁に小さく四角い穴があけてある場所も見せてくれた。これが何の穴だか当ててごらんなさいと言われたけれど、ぜんぜん想像もつきません、とわたしは答えた。

プリミラ　そう、じゃあ教えてあげる。これ傑作な話なの。ある日、職場に甥のベニーから電話がかかってきて、「おばちゃん、壁の中から声がするよ。天井じゃなくて、ほんとに壁の中なんだ」と言うの。だから言ったわ、「なにおかしなこと言ってるの」。ところが家に戻って耳を澄ますと、本当にクローゼットの壁の向こうから――つまり壁の中ね――ミャオ、ミャオって小さな声がするじゃない。それで義理の息子がクローゼットの壁に穴をあけて、食べ物をちょっと置いておいたの。そして朝になったら、生まれてまだ半月ほどの可愛らしい白黒の仔猫がそこにいたの。

　ところがそれから一、二週間ほどして、甥っこがこんどはボイラーのところにわたしを呼んで言うのよ、「おばちゃん、ここからまたミャオって聞こえるよ」。だからそこにも穴を開けたら、あんのじょうもう一匹出てきた。ところがなんと三度めがあったのよ！　うちの横に屋根を越すくらい高い木があって、猫が下から登ってきて屋根に穴をあけて、屋根裏に入りこんで仔を産んでいたのね。それが断熱材の穴から落っこちちゃったというわけ。娘たちはみんな嫁いで、孫を心待ちにしているんだけど、コウノトリがうちに運んでくるのは四本足の赤ん坊ばっかりだなんて、よく冗談を言ってるの。

帰る前、彼女がわたしに正しいサリーの着方を教えてくれた。腰に布地を巻きつけられながら思った。つぎにプリミラが広告を見てやってきた人たちの話を誰かにするときには、きっとラティーノの女優さんといっしょにわたしの話もするんだろうな。それまでわたしは自分がとんでもなく図々しいことをやっていると思っていたけれど、『ペニーセイバー』に広告を出している人たちは、他人を家に入れることに関して大らかだった。だからわたしももうそんなにおどおどしなくたっていいのだ。『ビーバーちゃん』の声まねなんかやめて、ただ一人ひとりがわたしに向かって明かしてくれる秘密の一端に耳を傾ければいいのだ。

その夜、わたしは紙に書いてみた。〈①毎日が贈り物〉、そして〈②虹を探そう〉。贈り物。虹。プリミラはとんだ烈女だ。ドアをぶち壊し、役人を地獄行きの呪いで脅迫する。四人の子供を引き取り、四本足の孫が三匹いる。わたしはキーワードを二つとも×で消した。このメッセージは明らかにダミーだ。真実はこんなふうにうまいことモットーの中に隠れていたりなんかしない、だってわたしはヘンゼルでもグレーテルでもないのだから。わたしの探究の旅はオープン・エンディングではあるけれど、これはおとぎ話でも教訓話でもなく、本当のことなのだ。わたしは目を閉じて、そう気づかされるたびにいつもやって来る、ズシンという静かな衝撃波を全身で受け止めた。それはわたしがボンネットみたいに頭にかぶって顎の下でぎゅっと結わえつけているちんまりしたニセの現実が、巨大で不可解な本物の現実世界に取って代わられる音だった。一人ひとりの人間を、その人たちの物語バージョンとすり替えてしまわないよう、わたしはつねに自分を見張っていなければならない。

Pauline & Raymond

ポーリーンとレイモンド

大きなスーツケース

20ドル

グレンデール

電話のときからポーリーンは大乗り気だった。こちらがまだ何も質問していないし謝礼の五十ドルのことも言いださないうちから、もう自分のことを話しはじめていた。住所はグレンデールの小ぎれいな一角で、わたしの元カレの家のあるあたりだった。わたしは見覚えのあるハイウェイの出口を降りながら、もしも元カレと同じ通りだったらどうしよう、もしも同じ家だったらどうしよう、と考えた。もしもスーツケースを売っているのが彼だったら、もしもそのスーツケースが今まで忘れていたわたしのものだったら、そしてもしもわたしがそれを買ってしまったら、そして中からわたしの子供のころや、わたしの父の子供のころや、もうずっと産むタイミングを逸しつづけているわたしの子供の子供のころが出てきてしまったら。でも元カレの名前はポーリーンではなかったから、わたしたちは彼の通りを素通りし、何ブロックか先のべつの通りに車を駐《と》めた。またしても大きくて立派な家だった。七十代とおぼしきポーリーンは、さっそく写真をつぎつぎ見せながら、ザ・メロウ・トーンズという自分の素人コーラスグループのことを話しだした。

ポーリーン　歌ったのは「眠そうな二人」でしょ、「ハロー・ドーリー」でしょ、それから……

ミランダ　あなたがピストルを構えてる、あの写真は？

ポーリーン　ああ、そうそうあれあたしよ――ええ、まあねえ。言われてみればたしかにちょっとやりすぎだわよね。これはコーハンのメドレーの……あれなんて曲だったかしら。「ハロー・マイ・ハニー」だったかしらね。ほんとは今でもまだ歌は歌えるんだけど、耳の中に小っちゃいおできができて、それを手術で取ったらガンのかたまり二つだったってことがわかって。それでもうちょっと奥のほうまでほじくらなきゃならなくなって、そしたら聴覚のほうがちょっとあれしちゃって。今はもう音が全部ぼわぼわっと聴こえるのね。自分の声がどんなだかもよくわかんないの。だから歌のグループのほうはやめちゃったの。

ミランダ　で、『ペニーセイバー』で売りに出してるのは、ご自分のスーツケースなんですか？

ポーリーン　スーツケース？　ああはいはい、廊下にあるけど。見たい？

ミランダ　そうですね、できれば。

ポーリーン　そうよね、そのために来たんだものね。

わたしはうなずくのと肩をすくめるのとを同時にやって、自分の訪問の理由はつねに進化・発展を続けております、という感じを表現しようとした。

ミランダ　どうしてこれを売ろうと思ったんです？

ポーリーン　娘と孫が引っ越してきたもんで、いろんなものを売らなきゃならなくなったのよ。「ちょっと、あたしのモノを置く場所が全然ないじゃない」って娘が言うもんだから。だから本をだいぶ売ったし、とにかく何もかも数を減らすしかなくて。シーツも売ったし——寝るシーツのことね——あとマットレスなんかも。絵も売ったわね。あと何を売ったっけ。そうベッド。

ミランダ　広告はどうやって申し込むんですか？　パソコンは持ってます？

ポーリーン　電話するの。それから自分で宣伝文句を書いて——あれちょっとコツがいるのよ、文字数が決まってるから。『ペニーセイバー』は百ドル以下のものならタダで広告を載せてくれるから、すごくありがたいわよね。まあ、一つひとつ売るとなると気が遠くなるけど。

ミランダ　娘さんとお孫さんはいつ越してきたんですか？

ポーリーン　もう二年か三年になるわね。いや四年？

レイモンド　七年だよ。

ポーリーンの孫だった。気がついたらそこにいた。三十代なかばぐらいで、耳に補聴器をつけていた。がりがりに痩せてストライプのラガーシャツを着た犬が、彼の後について部屋に入ってきた。

ポーリーン　七年？　あらやだ。全然そんな感じがしないけど。
レイモンド　その次の年から僕が働きはじめたんだから。
ミランダ　お仕事は何なんですか？
レイモンド　会社のドライバー。マネキンを配達してる。
ミランダ　マネキンの配達、ですか？
ポーリーン　裸のマネキンをね。
ミランダ　裸の。
レイモンド　マネキンを作って、売って、レンタルする会社。あと修理もやってる。
ポーリーン　この子けっこういろんな人に会ってるのよ。ね？
レイモンド　まあ、人にはたくさん会うよ。
ポーリーン　有名人とか。
レイモンド　そんなにしょっちゅうってわけじゃないけど。
ポーリーン　ちょっと言ってみなさいよ。
レイモンド　まあ、何人か会ったかな。キャメロン・ディアス――彼女には会ったことある。あとマーク・ジェンキンスとか。
ミランダ　へええ。あなたがマネキンといっしょに写ってる写真とか、ないですか？

レイモンド　部屋にマネキンならあるけど。
ミランダ　じゃ、ちょっと部屋を見に行ってもいいかしら？
レイモンド　ここに持ってくるよ。
ミランダ　いえいえ、こっちが行きます。わざわざ持ってきてもらうの悪いから。

階段をのぼりながら、ここを豪邸だと思ったのは錯覚だったことに気がついた。前の持ち主のかすかな名残がそう思わせているのにすぎなかった。娘と孫はそれぞれの部屋に小型の冷蔵庫と食べ物を置いていて、べつべつのワンルームでキッチンとバスルームだけ共有しているような暮らし方をしていた。マネキンを見せる前に、レイモンドはわたしに『オール・マイ・チルドレン』のエリザベス・ヘンドリクソンといっしょに撮った写真を見せた。

レイモンド　ディズニーランドで会ったんだ。僕ら、いっしょの列で二時間も並んでたんだ。
ミランダ　彼女、どんなでした？　素敵な人だった？
レイモンド　いい人だったよ。かわいいし、きれいだった。

それから彼はマネキンを見せてくれた。マネキンはエリザベス・ヘンドリクソンにそっくりだった。

ミランダ　なるほど……あの、これ、なんだか彼女に似てる気がするんだけど。どうしてこんなに似てるんだろう。
レイモンド　この写真から作ったからね。
ミランダ　つまりあなたが顔を作ったってこと？
レイモンド　いや、ボスが。
ミランダ　ああ、ボスが。
レイモンド　そう。ボスが彼女を作った。
ミランダ　この写真から。ということは、あなたのために特別に作ってくれた？
レイモンド　そう。
ミランダ　それはすごい。
レイモンド　写真から型をとって。
ミランダ　それって高いのかしら？　ていうか、これ自腹で買ったの？
レイモンド　普通の人が買ったら、たぶん千五百ドルくらいするんじゃないかな。でも安くしてもらった。
ミランダ　この部屋、パソコンが二つありますね。パソコンでは何をするの？
レイモンド　メールする。友だちに。たまに聞きたいことがあると妹にもメールする。あと音楽をダウンロードしたり。
ミランダ　音楽はどんな？

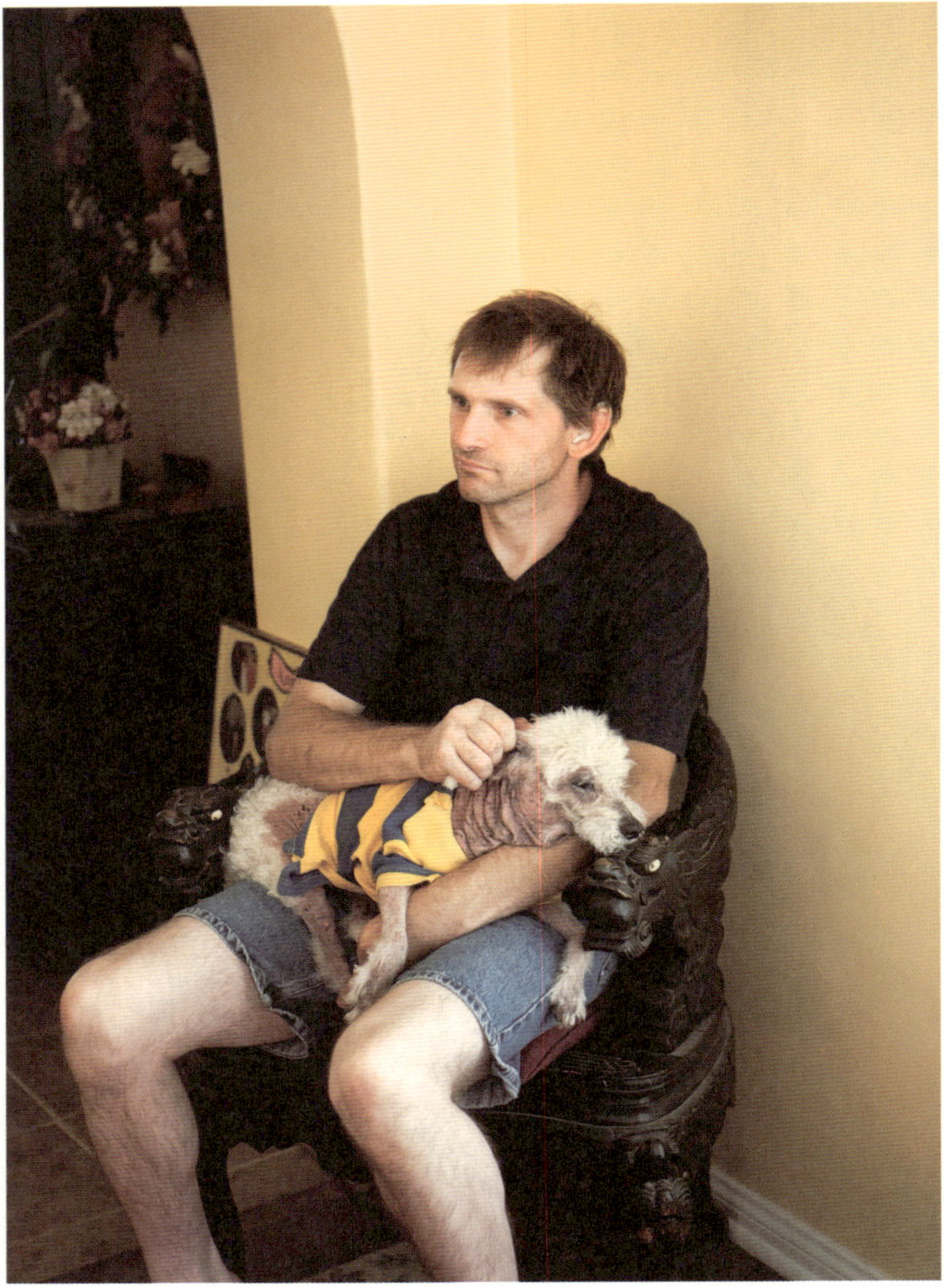

MultiGrain
Cheerios

レイモンド　ダイドとか。
ミランダ　彼女、いいですよね。
レイモンド　マイケル・ジャクソンが死んじゃってすごく悲しいよ。
ミランダ　ええ。
レイモンド　おかげですごく落ちこんでる。
ミランダ　ビッグ・ツアーの直前だったのにね。
レイモンド　僕はちょうどの世代だからね。
ミランダ　いくつなの？
レイモンド　三十九。
ミランダ　わたしは三十五。
レイモンド　じゃあ二人ともちょうどの世代だ。
ミランダ　そうね。

何かしら自分と共通項のある人と出会えて、わたしはほっとしていた。今まで出会ったマイケルやプリミラやポーリーンは、その無防備さや昔ふうの効率のわるさでわたしを疲れさせた。でもレイモンドとわたしは同世代人だった。どちらも何かをクリックすることを知っていたし、どちらも〝@〟のついたもう一つの名前を持っていた。部屋を去りぎわに、わたしは「またそのうちにね」みたいなことを彼に言った——まるでわたしたちの世代がいつも同じ一つのカフェに集まっているかのように。

でも自分の車に戻った瞬間、彼と会うことはもう二度とないだろうと気がついた。この世界は、とりわけロサンジェルスという街は、わたしがインタビューしているような人たちからわたしを保護するようにできているのだと、急にはっきりわかった。彼らと知り合うことが法律で禁じられているわけではないけれど、そんなことはまず起こらない。ＬＡは徒歩の街でも地下鉄の街でもないから、誰かがわたしの家かわたしの車の中にいるのでないかぎり、その人とわたしがいっしょにいるということは決して起こらない。そしてそれに輪をかけるように、わたしも一歩車の外に出ればiPhoneを肌身離さず持ち歩き、郵便局にいる他の人たちに、わたしは本当はあなたたちといっしょにいるわけじゃないの、わたしのお友だちといっしょにいるの、その人たちがあまりに愉快だから、彼らにメールの返信をしながら思わず独り笑いをしてしまうの、ということをアピールする。

もちろんわたしが『ペニーセイバー』を通じて会う人たちは一種類ではなかったし、彼らが物を売る理由もまちまちだった。マイケルは貧しく、ポーリーンは貧しいというより寂しく、そしてプリミラはとにかく旧式だった。だが彼らにはある共通点が、あまりに当たり前すぎてすぐには気づかなかったある共通点があった。いろいろな人に電話をかけてインタビューさせてくださいと頼むとき、わたしは自分がそれなりに名の通った人間であるということを――そのへんの学生ではなく、ちゃんと本も出している作家であるということを――折りにふれて口にした。グーグルで〈ミランダ・ジュライ〉で検索してみてくださいそう言いもした（なんたってわたしは

毎日それぱっかりやっているのだ！）。でも彼らは何かをググるということをしない。紙版の『ペニーセイバー』に広告を出す人たちは、パソコンを持っていないのだ。それはそうだ。もし持っていたらクレイグスリスト（物の売買広告や求人などの情報を投稿できる地域情報ウェブサイト。米内外七百以上の都市をカバーしている）を使うだろうから。

広告に一つひとつ○や×をつけるうち、この新聞型の小冊子そのものが、なにやら過去の遺物のように思えてきた。いつの日か、パソコンを持たない人の数があまりにも減りすぎたために、このパンフレットが郵便受けに届かなくなる、そんな火曜日が来るのかもしれない。わたしは不安にかられて『ペニーセイバー』の本部に電話をかけ、この小冊子はずっと存続するんでしょうか、と質問した。「『ペニーセイバー』の理念は永遠になくなりません」そう答えたのはペニーセイバーＵＳＡ（といっても実際にはカリフォルニア州にしか配布されていない）の代表者、ローレン・ドルトンだ。「ただし必ずしも紙の形でとはかぎりません。デジタル版にかなりの予算を割いているのもそのためです――インターネット、携帯サイト、それからiPadのほうも現在準備中です」。ただし今すぐにどうこうということはない、と彼は断言した。とくに今は不況ですからね。『ペニーセイバー』はつねに、経済がもっとも低調なときにもっとも好調だった。大恐慌時代に個人のガレージで印刷されたのが、この雑誌のそもそもの起源だ。「ペニーセイバー」という言葉は商標登録されていないので、たとえば『ペニーセイバー・メリーランド』と『ペニーセイバー・フロリダ』と『ペニーセイバー・ネバダ』のあいだにはなんのつながりもない。だがそのどれもがここ十年のあいだにウェブ版を立ち上げていて、そのどれもがおそらくあと十年以内に紙の『ペニーセイバー』を廃止するだろう。

だから今のこの不景気は、『ペニーセイバー』最後の花道なのかもしれない。ペニーセイバー社の二〇〇九年度の社内スローガンは〈今こそ我らの時代〉だ。なんだか〝ピンチをチャンスに〟的な、とても前向きなメッセージに聞こえる。今がチャンス！　乗りおくれるな！　不景気こそは我らの出番！　『ペニーセイバー』は、十ドルのために面倒な手間を惜しまない人たち、まさに小銭《ペニー》を倹約《セイブ》する人たちのニーズに今日も応えつづける。そして今のところ、そういう人たちはこの世にまだまだたくさんいるのだ。

Andrew

アンドルー

ウシガエルのオタマジャクシ

1匹2ドル50セント

パラマウント

友だちから脚本の進みぐあいをたずねられると、最近のわたしは嬉々として新しい〝お仕事〟のことを話すようになった。存在しない新聞の記者になって、もうすぐ絶滅するジャンクメールで見つけた人たちにインタビューするお仕事。電話をしてもたいていの人からは断られるので、実際に会った人たちとは、ただのゆきずりという気がしなかった――お互いが、お互いを選んだのだ。

パラマウントはわたしの考えるＬＡの概念から完璧にはずれていた。わたしはカーナビに言われるとおりのことをして、そこに着いた。わたしの住む町よりも暑かった。目が痛くなるような真新しい舗道をもってしても、砂漠は隠しようがなかった。うんと早く着きすぎてしまったので、そっくり同じ新築の家々が並ぶ通りを車で走りまわった。この家々を建てた人はきっと、ハンマーを片手に一歩下がって完成したばかりの家を眺めた瞬間、それが一つ前に建てた隣の家と瓜二つだったことに気づいて、手でおでこを（もうこれで何千回めかに）ペシッと叩いたのではないかと思う。だめなアイデアを何度も繰り返し思いついてしまう経験はわたしにもあるから、その気持ちはよくわかった。ウシガエルの子供が――というかつまりオタマジャクシが――育つ

には、タフな町だった。わたしは急いで目的の住所に戻った。遅刻だった。わたしはいつも早くに着きすぎて、そのせいでいつも遅刻する。

アンドルーは十七歳で、家の庭に池を三つ持っていた。わたしにはティーンエイジャーの男子というものが理解できたためしがなくて、だから高校生のときからずっとなるべく避けてきた。でもアンドルーのようなタイプのことなら知っていた。心優しい、孤独な学究肌。わたしの兄も、高校時代は庭を作っていた。アンドルーの池にはホテイアオイがたっぷり生い茂り、蚊の卵を食べる特別な魚が泳いでいた。作り物でないハスの葉っぱが陽にきらめいて、ここのカエルたちは、郊外のカエルとしてはかなりの幸せ者にちがいない。

ミランダ　これ、どうやって作ったの？

アンドルー　ふつうに、掘って。

ミランダ　池の作り方の本を読んだとか？　どうやって調べたの？

アンドルー　本とかはべつに読まなかった。いろんな人が教えてくれたし。いろんなことが、ちょっとずつうまくいってこうなったって感じ。

ミランダ　池のどういうところが好きなの？

アンドルー　うーん、わかんないけど。でもなんかリラックスする。見てるとすごくリラックスするんだ。

6638
6638

わたしは自分もリラックスしているような顔をして、うなずいた。水面にきらめく陽の光を見つめながら、精神と肉体の統合をこころみるべく、何秒間か音をたてずにハイパー深呼吸をしてみた。

ミランダ　『ペニーセイバー』には、前にも広告を出したことはあるの？

アンドルー　前はやったことなかった。ただ毎週水曜だか木曜だかに届いてて、だんだん見るようになって、それで「ぼくも出してみようかな」って思った。どうなるか、ためしにちょっとやってみたんだ。そしたらけっこううまくいった。

ミランダ　ほんとに？　オタマジャクシを買いにくる人がいるの？

アンドルー　うん。みんな喜ぶよ。ウシガエルのオタマジャクシなんてこの辺にはいないから、みんなけっこうびっくりする。

ミランダ　オタマジャクシ、ここにいるの？

アンドルー　この草どけたら見えるよ。

アンドルーはしずくのぽたぽたしたたる水草を持ちあげ、片手でオタマジャクシを一匹すくいあげた。

ミランダ　わあ、かなりカエルっぽくなってる。思ったより大きいのね。きっと本人ドキドキでしょうね、だって急にこんなふうにいっぺんに——というか、これってどれくらいの早さで進むものなの？

アンドルー　変態のこと？

ミランダ　そう。

アンドルー　けっこう早いよ。これなんかだったら、あと二週間ぐらいかな。

ミランダ　ところでわたしの思ってるので合ってるのかな、大きくて白くて、鳴き声が……まあ、真似はやめとくけど。

アンドルー　うん、それ。

ミランダ　じゃあけっこうすごいでしょうね——だってあの声で鳴くわけでしょう。

アンドルー　うん、そこらじゅう。すごくうるさい。

ミランダ　ご近所もけっこうびっくりでしょうね。

ハトが一羽、どこに着地しようかと迷った末に、池のすぐそばに用心しいしい落ちつくのを、アンドルーはじっと見つめた。

アンドルー　ほら、あのハト。はじめて見る種類だ。野生の生き物がこの池にたくさん集まってくるんだ。すごくいろんな動物が来る。

ミランダ　たとえば他にどんな？

アンドルー　トカゲとか。
ミランダ　この町って、動物にとってはあまり住みやすい場所とは言えないから、この池はちょっとした……。
アンドルー　そう、生息場所になってる。
ミランダ　もしいま、わたしたちがこうして立ってるところにライオンとかレイヨウとかが来ちゃったらどうする？
アンドルー　そんなのあり得ないよ。
ミランダ　ところで、ご両親は何をしているの？　今はお仕事？
アンドルー　お父さんは市の職員だったんだけど、今はレイオフされてる。前はブエナパークの、ナッツベリーファームのすぐ近くで働いてた。用務員をしてたんだ。でもレイオフされて、今は家にいる。だからいっしょにいる時間がすごく増えた。お母さんはカイザー病院で働いてる。

暑さでのぼせそうになったので、わたしたちは家の中に入り、テレビを観ている父親のうしろを足音を忍ばせて通りすぎ、アンドルーの部屋に行った。わたしは無意識にドアを閉めた。自分の部屋のドアを開けっぱなしにしておく十代なんていないと思ったのだ。でも考えたらそれも変な気がして——だってわたしは赤の他人なのだから——一度閉めたドアを少しだけ開いておいた。

ミランダ　ご両親は、卒業したあとどうしろって言っているの？　あなたは何かやりたいことがあるの？

アンドルー　大学に行って、いい教育を受けて、就職したい。

ミランダ　大学はどこに？

アンドルー　ロングビーチ。もう申し込みもしてある。パンフレットとかもあるし。

ミランダ　で、何を勉強したいの？

アンドルー　飛行機のエンジニアリングみたいなことをやりたいなと思って。何かエンジン関係のこととか。まだよくわかんないけど。自分で手を動かす、メカニックみたいなことがやりたい。

ミランダ　で、仕事以外に、大学とか就職とかはべつにして、自分の将来についてどんな絵を思い描いている？

アンドルー　絵？

ミランダ　どんなイメージを持っている？

アンドルー　将来のことで？

ミランダ　そう。どんなことでも。

アンドルーは天井を見あげ、じっと目をこらした。まるで自分の将来を肉眼で見ろと言われたみたいに。

アンドルー　そうだなあ、なんか森みたいなところにいる感じ？——山とか、なんかそんなようなところ。野生の生き物がたくさんいるみたいな。

ミランダ　すると、ここじゃないかもしれない。

アンドルー　そうだね。ここじゃない。

何かが水槽の中で動いた。さいしょカメかなと思って、思わず二度見した。

ミランダ　ひゃ。

アンドルー　ああ、それ。ぼくのクモ。

ミランダ　もしかして、タランチュラ？

アンドルー　そうだよ。でもだいじょうぶ。かまないから。

ミランダ　オーケー。背後にタランチュラがいるってわかってうれしいわ。ええと。いままでの人生でいちばん楽しかったことって何？

アンドルー　いちばん楽しかったこと？　それはやっぱり、お父さんとお母さんがぼくのために卒業パーティを開いてくれたことかな。

ミランダ　ご両親、とても誇らしかったでしょうね。

アンドルー　うん。二人とも喜んでる。高校を卒業するのはぼくの目標だったから。

ミランダ　難しかったの？

アンドルー　いや、ぼくにはそんなに難しくなかった。ぼく、特殊教育のクラスだったんだ。だから先生は生徒に何もがんばりを期待していない。だからすごく楽だった。

ミランダ　楽すぎた？

アンドルー　楽すぎた。もっと難しくできたはずなのに。先生たちは何も教えようとしないんだ。何を言ってもぼくらの耳には届かないと思ってるから。

ミランダ　なぜ特殊教育に入れられたのかは、わかってるの？

アンドルー　わかんない。二〇〇〇年からずっと入ってた。

ミランダ　ということは……八歳のときから。

アンドルー　うん。ただ紙を渡されて、僕の記憶力が劣っているからだって書いてあった。

ミランダ　本当にそうなの？

アンドルー　紙が言うには、ぼくは授業中ぼんやりしてるんだって。ぼくはあんまりクラスの他の子と話さないし、友だちもいないし、それで先生はそんなふうに思ったんじゃないかって思う。ただ座って作業するだけで、誰とも口きかなかったから。きっと先生はぼくが誰ともぜんぜん交流しなかったから、それでぼんやりしてるって思ったんだ。

ミランダ　ほんとは何をもっと勉強したかった？

アンドルー　理科かな。ぼくら、理科の授業で実験をさせてもらえなかったんだ。特殊教育のクラスのなかには、ナイフとかを持たすと危ないことする奴もいて、たぶんそれでぼくらまで信じてもらえなくて、実験の道具とかを使わすのはよそうってなっちゃって、それで実験できなかったんだと思う。そこに関しては、けっこう頭にきた。他のクラスの奴らは自由研究とかやってるのに、ぼくらは実験できなかったんだから。チャンスがなかった。

ミランダ　しかも、もしかしたらあなた生物がすごくできたかもしれないのに——。

アンドルー　うん、それとか。バカげてるよ。

ミランダ　なんだかだんだん腹が立ってきたわ。

アンドルー　すごく腹が立った。

ミランダ　あなたの歳であんなりっぱな池を作って、きちんと全部を世話できる人なんて、そうそういないと思う。大学もその紙を見るのかしら、それともリセットして新しくスタートが切れる？

アンドルー　たぶん見ると思う。カウンセラーの先生がいるんだけど、その先生には、そういうことをぜんぶ書いて特殊教育課かどこかに提出しなさいって言われた。

ミランダ　森林警備隊みたいなのにしても、飛行機の仕事にしても、あなただったら楽勝でなれそうだけど——どっちか選びさえすれば。

アンドルー　そうなのかな。みんなには難しいって言われる。それにぼくも、そういうのがすごく得意ってわけじゃないし。何かをやりたいと思ったら、きっとできるって思いたいけど、長い目で見たらすごい難しいんじゃないかとかいろいろ考えだしたら、ちょっと一歩引いちゃうっていうか。

ミランダ　そうね、おまけに、お前には難しいみたいに言う人が周りにいると、やりとげようっていう気になかなかなれないわよね。でも、もうすぐ大人だっていうのは救いよね。大人になるって、いいこともたくさんあるから。高校生には権限なんてほとんどないけれど、すくなくとも大学生になれば……。

アンドルー　そうだね、これからは何もかも自分で決められる。

わたしは性急に何か具体的なアドバイスをしたい誘惑にかられた。うちの兄が湿地帯を復元する仕事をしているんだけれど、そこに見習いで入ってみない？——そんな言葉が喉元まで出かかった。でも、誰と会ってもその人の直面する問題にばかり目がいってしまって他の部分がまるで見えなくなるのは、たぶんわたしのよくない癖なのかもしれなかった。そこで世の中の仕組みからはみ出てしまったという以外の、彼のもっとべつの面に目を向けてみた。アンドルーは少し鬱屈してもいたけれど、それ以上に自分に誇りをもっていた。そこで目先を変えて、自分の感じているのと反対のことを言ってみたら、そっちのほうがしっくりきた。

ミランダ　じゃあ、いまのあなたは胸おどる人生の節目に立っているというわけね。

アンドルー　そうだね。すごくいい時だと思う。

HIGH
Class of 2009!
Class of 2009!

ミランダ　ちょっとくさい言い方だけど、言うなれば変身前のオタマジャクシっていうわけね。
アンドルー　うん、ほんとにそうだ。
ミランダ　あと二週間でカエルになる、さっきのあの大きい子みたいにね。
アンドルー　うん、言えてる。オタマジャクシだ。

つかのま、彼が感じるやり方で、わたしも時間を感じていた。時間は、無限だった。野生動物方面の夢が彼のめざす飛行機の格納庫と真逆の方向であることも、たいして問題ではなかった。何度でも生きなおせるくらい、時間はふんだんにあった。まだどんなことでも起こる可能性があったから、どんな決断も大きなまちがいではなかった。

それは三十五歳のいまのわたしの感覚と、まるで正反対だった。パラマウントから帰る車の中で、わたしは自分の脚本の中の登場人物たちのように老けこんだ気分だった。

ソフィー　五年たったら、わたしたち四十よ。
ジェイソン　四十なんてほとんど五十だ。五十を過ぎたら、あとはもう小銭だ。
ソフィー　小銭？
ジェイソン　本当に欲しいものを手に入れるには足りないってことだよ。

本当はそうでもないかもしれないとわかっていても、そう考えると身のすくむ思いがした。失敗したり、訳もわからず何かをしたりする時間は、今のわたしにはもうないのだ。そしてこれから何を創るにしても、きっとますます途方もなく難しいことに挑戦していかなければならないのだ。そう思うと心底ぞっとした。なぜならわたしは、そもそものスタートで自分の能力を超えることに手を出してしまったのだから。

わたしのプロとしての最初の創作は——観客とは名ばかりの人たちの前ではあったものの——自分がある服役囚と交わした往復書簡を元にした演劇だった。フランコ・C・ジョーンズというその囚人に最初に手紙を出したのは、十四歳のときだった。彼の宛て先を見つけたのは新聞の告知欄（他にどこがある？）の、今はもうなくなってしまったらしい〈囚人ペンフレンド〉というコーナーだった。子供のころ、わたしは寝る前に父から『24人のビリー・ミリガン』という多重人格障害の強盗レイプ犯の実話本を読み聞かせてもらったことがあった（父は、娘への読み聞かせには自分が面白いと思った本を選ぶ主義だった）。刑務所に入っている人に感情移入するのは、だからたぶん家風みたいなものなのだ。フランコに最初の手紙を出したのだって、もしかしたら父が面白いと思うようなことをしたい一心だったのかもしれない。それでもそれから三年間、わたしは毎週彼に手紙を出しつづけた。

アリゾナ州フローレンスの刑務所に十八年間服役している三十八歳の殺人犯と、カリフォルニア州バークレーの私立校に通う十七歳の女子高生とのあいだには、詩的な規模の、宇宙や海の大きさにもひとしい隔たりがあった。そこに橋をかけることは、わたしにできる、数少ない神聖で尊いことのようにわたしには思えた。あれから何十年もたった今もわたしは、謎の一端を解きあかそうとしつづけている。世界の端っこをめくって中をのぞきこみ、その下にある何かを現行犯でつかまえようとしている――その〝何か〟は神ではなく（「神」という言葉は問いであると同時に答えでもあって、だから想像をふくらませる余地がない）、それに似た何かべつのものだ。フランコとわたしは学校の成績のこと、刑務所の暴動のこと（フランコはその様子を録音した）、わたしの友だちのこと（ジョアンナ、ジェニ）、彼の友だちのこと（ぎっちょ《レフティ》、片目《ワン・アイ》）、およそわたしがいちばん最初にNGだと言った性的なこと以外のありとあらゆることについて書いた。

芝居を書いたのは、そのときの二人の関係を言葉で説明できなかったからだ。ふつうに口で伝えようとしてもうまくいかず、ならばもっと大きい仕掛けで理解してもらおうと思うようになった。わたしは週刊のフリーペーパーに広告を出して出演者を募集し、レゲエ・クラブでオーディションをした。フランコの役は三十代のドラッグとアルコール中毒のカウンセラーの人に決め、わたしがモデルの登場人物は、ソチルという名前の二十代前半のラティーノの女性に演じてもらうことにした（自分が役者として出ないほうが演出家として高く見られると思ったのだ――どうも最近のわたしはそのことを忘れがちだ）。みんなでわたしの家の屋根裏部屋に集まって稽古をして、そうして舞台『終身刑の人々《ザ・ライファーズ》』は「９２４ギルマン・ストリート」というパンクのライブハウスで上演された。わたしは教会から借りてきた椅子を並べ、友人、家族、家族の友人、うっかり迷いこんでしまったひとにぎりのパンクロッカーたちに混じって座った。そして舞台の上で自分の風変わりな友情が、それのもたらす不器用な魂の叫びが、演じられるのを目のあたりにした。わたしは恥ずかしさと誇らしさですっかり舞い上がり、芝居が三分の二まで進んだあたりで席を立って舞台袖までこっそり行った。行って何をするつもりだったのかはわからない――たぶん劇を中止するか、即興で演出しなおすかしようとしたのだと思う。ドラッグとアルコール中毒のカウンセラーに舞台の上から厳しい目でキッとにらまれ、わたしはすごすごと席に戻った。ただじっと耐えるしかないのだ。

Beverly

ベヴァリー

レパード・キャット（ベンガルヤマネコ）の仔

値段　応相談

ヴィスタ

わたしが創作するもののなかで、唯一スポンサーの意見に左右されるのが映画で、わたしが映画以外の創作をする理由の一つもそこにある。小説を書くのはタダだし、パフォーマンスは家のリビングで練習できる。もしかしたらわたしの本を出版したいと言ってくれる人も、パフォーマンスを上演させてくれる人も現れないかもしれないが、すくなくともそれらを創るのに誰かの許しを得る必要はない。脚本はあるのにお金がなくて撮れないというのは、脚本がなくてただ誰かからお声がかかるのを夢見ているより、ある意味もっとみじめだ。ときどきわたしは、体面を保つために、ただ自尊心を失いたくないためだけに、まだ脚本ができていないようなふりをしているんじゃないかと自分を疑いたくなった。それに心のどこかでは、この探究の旅を終えて必要な学びを得ることができれば、その時きっと出資も得られるはずと、なかば神だのみ的に信じてもいた。きっと神々は、すべてのことを正しくやりおおせたわたしにご褒美を与えるのを、手ぐすねひいて待ち構えているのだ。

それまでベヴァリーをあとまわしにしてきたのは、地図で見るヴィスタが危険なくらい遠い場所にあったからだ。けれどもわたしは前よりも命知らずになっていた——あるいは、自分の時間

PLEA
BE PATI
GOD
ISN'T FINI
WITH ME
DON'T WALK
MY FOOTST
Served Daily!

が前ほど大したものに思えなくなっていた。最悪ヴィスタからの帰り道がわからなくなったら、もういっそそこに住んだっていいじゃないか。というわけでカメラマンのブリジットとアシスタントのアルフレッドに電話をかけ、わたしたちは午前中に出発した。カリフォルニアの街と街のあいだには藁で覆われた低い山々があって、それがときどき燃えたりする。ベヴァリーが住んでいるのもそうした茶色い山の一つで、それもむべなるかなだった。スーツケースやジャケットなら街なかの家でも置いておけるだろうが、レパード・キャットの仔となると、もっと広いスペースが必要になる。

道路は土がむき出しで、家の周りには使わなくなった家具や器具類が散乱していた。庭でわたしたちを出迎えてくれたベヴァリーの顔には痛々しい傷があった。シャベルでケガをしてしまったばかりなので顔は写さないでほしい、と電話で彼女は言っていた。傷口はまだかさぶたにもなっていなかった。

ベヴァリー　いらっしゃい。さ、中に入って、まず猫ちゃんたちを見てもらって、それからいろいろ案内したげる。これ、なんだかわかる？

ベヴァリーは壁に掛かっている何かを指さした。目玉がついていた。

ミランダ　ええ。

ベヴァリー　なになに？　言ってみて？
ミランダ　何かのお尻ですよね。
ベヴァリー　そう、大当たり！　ご名答！
ミランダ　でも、何のお尻なんです？
ベヴァリー　シカよ。こっちの骨はベトナム。向こうの人が模様を彫ったの。すごいと思わない？
ミランダ　すごいですね、ええ。
ベヴァリー　ぜんぶ手彫りなのよ。それからこれ見て。ここにあるのは魚。どっかの火山のもの。

家の中は、非常に眉唾な自然史博物館といった感じだった。どれもこれも百万年前のもののように見えたが、もしかしたら七〇年代後半に作られたのかもしれなかった。けれどもわたしは人間を瞬時に判定するスキルが上がっていたので、ベヴァリーが狂人ではないことはすぐにわかった。ただわたしたちが来たのがうれしくて、早くパーティを始めようとあせっているのだ。あれも見せなきゃ、これもやらなきゃ。

ベヴァリー　あ、これはね、恐竜のうんこ。あとこれ何だかわかる？　恐竜の歯……じゃなかったマンモスの歯、でもまだマンモスになる前のやつ。こっちはわたしの二度めの結婚式の写真。最初の主人は死んじゃったの。四十年間いっしょだったんだけど――

ミランダ　四十年と半年ね、正確には――でもガンで死んじゃって。つらかったな。

ベヴァリー　お気の毒です。いまの方とは結婚何年めなんですか？

ミランダ　八年。

ベヴァリー　じゃあ二度めの人生って感じですね。

ミランダ　ほんとよ。まるきりべつの人生を二度生きてるって感じ。これがうちの子たち。

〝うちの子〟というのはレパードのことだった。フェンスで仕切られたキッチンに入ると、中にはレパードの仔がうようよいた。

ベヴァリー　ここにいるのはぜんぶ女の子。テーブルには上がっちゃだめってしつけてるんだけど、みんなちゃんと言うことききくのよ。この子はすっごく人なつこいの。こっちの子はボニーブルー、いま発情期に入ってて、さっきからやたら鳴くのはそのせい。やっぱりぜんぜんちがうでしょ？

わたしはうなずいたものの、最初はそんなに普通の猫とちがうようにも、レパードっぽくも見えなかった。レパードってもっと大きくて恐ろしげな生き物じゃなかったっけ？　これではまるで可愛らしい仔猫と変わらない。すると突然、一匹がわたしの顔のあたりまでジャンプした。さらにべつの二匹がとっくみあいを始め、ドスンバタンと互いを乱暴に壁に叩きつけあった。体こそ小さかったけれど、もう可愛らしいという感じはしなかった。これは猫の皮をかぶった屈強な男たちだ。わたしは品種改良とか異種交配とかについて考えようとしたが、貧弱な知識しか持ち合わせていなかったので、足りない部分はスパイダーマンやフランケンシュタインで補った。あと、超人ハルク。

ベヴァリー　これを始めてもう二十年経つの。一九八八年からだから、二十一年か。この子たちはブリティッシュ・ショートヘアと掛け合わせてあるの。レパードじたいは五キロあるかないかの、ほんとに小っちゃい生き物だから。それでブリティッシュ・ショートヘアの血を入れて、もっと大きくガチッとした感じにしてあるの。

ベヴァリーはわたしたちを連れて家の外に出て、もっと大型のネコ科動物がいる檻《おり》に案内した。すぐ隣の檻には鳥がたくさんいて、けたたましく鳴きさわいでいた。

ミランダ　隣にこんなに鳥がいたんじゃ、ネコが興奮して大変なんじゃありません？
ベヴァリー　あら、もう大喜びよ！　この子たちにとっちゃ恰好のアミューズメントパーク。

わたしとしては鳥小屋を外から眺めるだけでじゅうぶんだったのだが、ベヴァリーに鳥が外に出ちゃうから早く入って、と急かされた。何十羽という鳥がわたしたちの頭のまわりを乱れ飛ん

でいた。チュンチュン、ギャーギャーという鳴き声で耳がおかしくなりそうだった。
わたしは鳥恐怖症の父のことを思い出し、父にとってはさぞや楽しくない光景だろうなと思った。それからゆっくり息を吸って吐き、なんとかして親と自分を差別化しようとやっきになっている反抗期のティーンエイジャーのつもりになってみた。その甲斐あって、鳥小屋から逃げ出すことなくインタビューを続行することができた。

ミランダ　これはなんていう鳥？

ベヴァリー　きれいでしょ？　しかも希少種。キンバトっていうの。あとどこかにボーボーっていう鳥もいるんだけど、白と黒でくちばしの赤い——ちょっと探してみて。毎朝カナリアみたいな声で鳴くのよ、アフリカの鳥。あとフィンチもすんばらしく可愛いでしょ。

ミランダ　そうですね。でもすごくうるさくない？

ベヴァリー　すぐに慣れるわよ。見て、この色。神様って、ほんとに信じられないくらいイマジネーション豊かよねえ。

音と臭いと顔にばさばさ当たる羽根のせいで、わたしはすこしテンションがおかしくなって、泣きたいような気分になってきた。なのに顔はヘラヘラ笑っていた。メキシコに行こう、と思った。べつにベヴァリーがメキシコ系だったわけではなく、前々から行こうと思っていたのだ。べヴァリーが巣からヒナを取り出して、手の上にのせて見せた。胎児そっくりだった。

ベヴァリー　舌が左右に動いているの、わかる？　口の中に小っちゃい水玉もようがあって、親鳥はそれを見るとエサをあげたくなるの。これはまだ生まれたてほやほや。

ミランダ　早く巣に戻してあげたほうがいいんじゃないかしら。

ベヴァリー　あなたたちみんなに卵あげるわね。もって帰ってちょうだい。

ミランダ　ほんとに？　孵《かえ》っちゃうんじゃ？

ベヴァリー　まるひと月座ってあっためてあげればね！　ね、今からすごいもの見せてあげる——こっちよ。

彼女に追い立てられるようにして鳥小屋を出て原っぱのほうに行くと、あっというまに巨大なヒツジの群れに取り囲まれた。わたしはヒツジにそれほどくわしくなかったのですぐには気がつかなかったが、そのヒツジにはやたらたくさん角があった。ほんとうにたくさんの角、角からまた角が生えて、その全部がくるくる巻いていた。

ベヴァリー　このヒツジは人類史上最古の品種なの。イスラエルのヒツジで、聖書にも出てくるのよ。創世記の二十八から三十章、ヤコブが飼ってるヒツジ。だからすっごく特別なヒツジなわけ。角の数は二本から多くて六本。

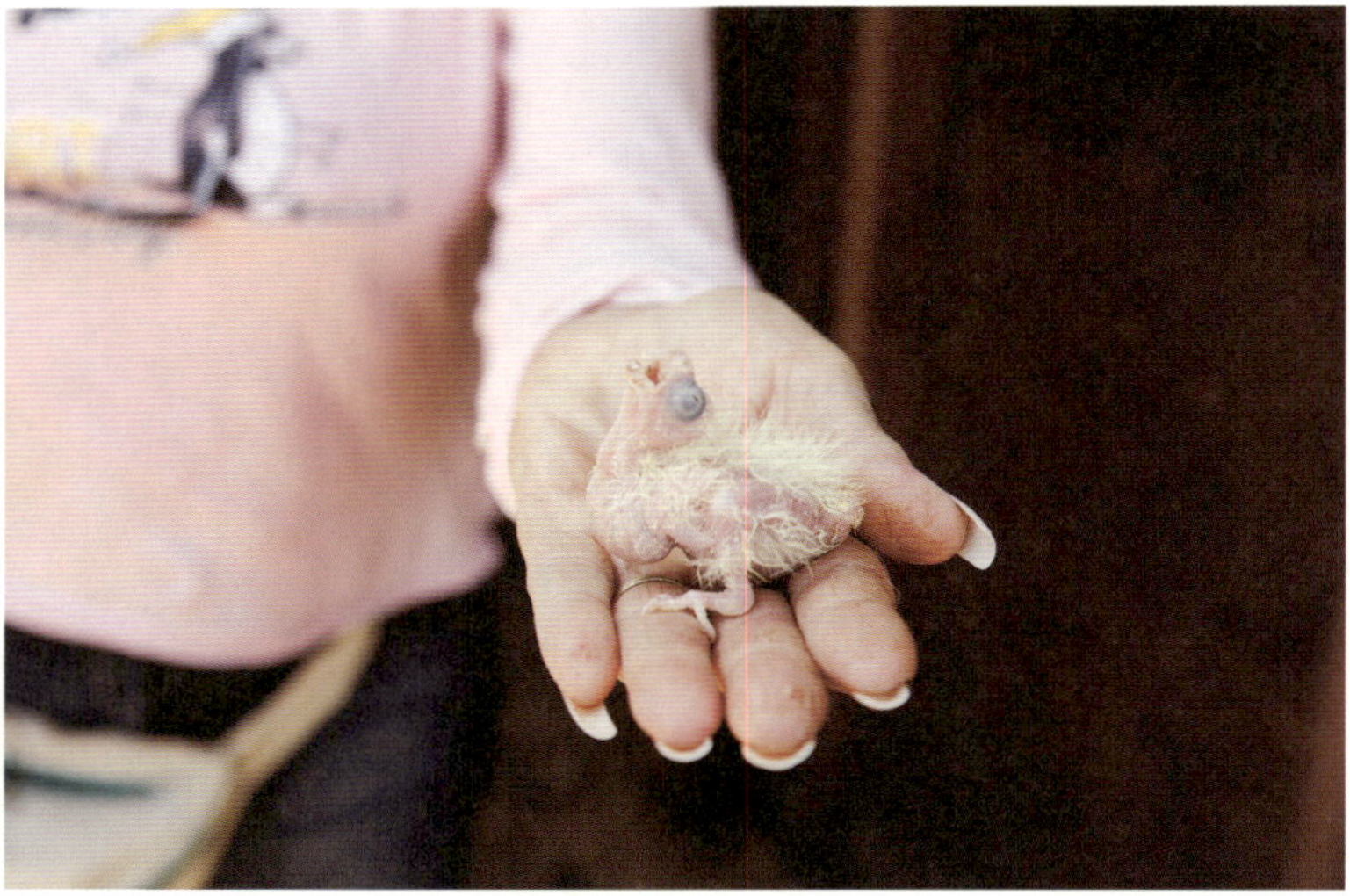

ミランダ　ほんとに、ものすごくたくさんの角。

犬が三頭、フェンスぎわまで突進してきた。

ベヴァリー　この子はラズベリー、黒いのはスキューシ、こっちの大きいのがパピーパピー。手でエサをあげるとすばらしくなつくんだけど、そうじゃないと相当ワイルドよ。

ミランダ　手でエサをあげたんですか？

ベヴァリーが笑ったので、わたしも笑った。わたしは鳥の声のしない場所でインタビューしたいので家の中に入らないかと提案した。キッチンに戻ると、ベヴァリーは話しながらレパードたちの昼ごはんの用意をした。

ミランダ　あなたの生い立ちについて、ざっと聞かせてください。
ベヴァリー　最初はメス一匹から始めたの。
ミランダ　なるほど。ご出身は？
ベヴァリー　ハンティントン・ビーチ。
ミランダ　ここには何年くらい住んでるんですか？
ベヴァリー　ええっと——三十七年？　七二年からだから。

ミランダ　生計はどうやって？

ベヴァリー　猫。鳥はいまはだめね——なんでかちっとも売れないの。

ミランダ　不況は感じます？　やっぱり景気の影響ってありますか？

ベヴァリー　あるわよお。みんな前みたいには買ってくれなくなった。

ミランダ　パソコンは持ってますか？

ベヴァリー　ええ。でも使ってない。

ミランダ　じゃあ、ネット通販とか、そういうのはぜんぜん？

ベヴァリー　そうねえ。それもまたダメなのよね、最近じゃみんななんでもコンピューターだから。自分で首をしめてるのはわかってるんだけど、そんな時間も気力もないし。だからぜんぜん。コンピューターには興味ないの。

ミランダ　他にやることがたくさんありますもんね。ここに暮らして、誰かとつながっていると感じますか？　それともけっこう孤独？　このあたりって、どんな感じなんですか？

ベヴァリー　人間界でってこと？　そうね、孤独だわね。

ミランダ　今まで生きてきて、いちばん予想外だったことって何ですか？

ベヴァリー　主人を亡くしたのがいちばんひどかった。

ミランダ　最愛の人だったと言っていい？

ベヴァリー　ええ。

ミランダ　出会いはいくつの時だったんですか？

ベヴァリー　十六。

ミランダ　どんなふうにして？

ベヴァリー　教会で。すごくハンサムだったのよ。目がブルーで、背が百八十六、七あって——とってもすらっとしてた。

ミランダ　写真、ありますか？

ベヴァリー　あるけど、でも恥ずかしい。いまの主人、フェルナンドっていうんだけど——なんだか彼にわるいし。

ミランダ　わかります。

わたしはそんなことを訊いてしまった自分を少し恥じた。それでも、もしも彼女が、最愛の人ですねとわたしが水を向けた青い目の夫の写真をブラウスの中から出したら、もっとロマンチックだったのになと思った。二つの人生、最初の人生が終わっていまは二度めを生きていて、でも二度めは一度めの代わりにはならなくて……。

ベヴァリー　今日はあなたたちにサプライズを用意してあるの。セバスチャンって子。四時半にならないと来ないんだけど。

ミランダ　あー、そうなんですか……じつは四時半にもう一件インタビューが入っていて。

ベヴァリー　ええーっ。
ミランダ　すいません、そうとは知らずに。
ベヴァリー　セバスチャンを見られないなんて、ほんっと残念。十六キロもあるのよ。うちの子たちのちょうど倍。しかも飼い主が犬みたいにリードをつけて散歩させるんだけど、それがもう一度見たら忘れらんないくらい最っ高なんだから。おまけにすごいのは彼女、セバスチャンの上でドラムロールをやってみせるの、それも力いっぱい。こう、両手でドラムみたいに叩くでしょ、でもおとなしくじっとしてるの。どうやるんだか知らないけど、でも怒らないの。今日ね、あなたたちにこれ作ったのよ。

ベヴァリーは冷蔵庫の中からフルーツサラダの入った巨大なボウルを出した。マシュマロが入っているようなやつだった。マシュマロが溶けて液状になって、全体が白っぽくなっていた。わたしは極力失礼にならないように遠慮の言葉を口にしかけたが、ベヴァリーの顔がたちまち曇るのを見て、これを断ることじたいが失礼なのだと気がついた。わたしはポケットの中でiPhoneを握りしめた。いまこの場でメールをチェックしたら変だろうか？　ニュースを読むのも？　とにかく一瞬だけでもタイムを取りたくて、気が狂いそうだった。それとも、トイレに行くか。

ミランダ　わあ、これだけ切るの大変だったでしょうね。あの、トイレはどっち——
ベヴァリー　そうよ、午前中いっぱいかかったんだから。カップに分けたげるから、もっていって、帰りに食べる？

彼女は大量のフルーツを買って、午前中いっぱいかかってそれを切り刻んだ。夫に頼んでわたしたちが鳥小屋を出るタイミングに合わせて聖書に出てくるヒツジを集めた。十六キロのレパードのセバスチャンをわざわざ家に招いた。サラダを食べるぐらいのことをしたって罰《ばち》は当たらないはずだ。

ミランダ　そうですね、じゃあいただきます。うれしいわ。
ベヴァリー　ボウルにしてもいいけど。それかカップか——どっちがいい？
ミランダ　じゃあボウルで。一ついただければ、みんなで……
ベヴァリー　あらだめよ！　一つずつもってって！　クラッカーもつける？　うちではいつもソーダクラッカーを砕いたのを上にのせてるの。まあ好き好きだけど。

わたしたちは濡れてしずくのしたたるボウルを持って車に乗りこみ、途中でガソリンスタンドに寄った。ゴミ箱に捨てる前に、わたしがどうしてもと言い張って、全員がパイナップルを一切れずつ食べた。悪くない味だった。わたしは捨てたボウルの上に新聞紙をかぶせた。だって、もしもベヴァリーがここに給油に来て、何かを捨てようとしてこれを見たら？　それは本当に最悪だ。わたしたちが訪ねたのは、あらゆる生き物の原点のような場所だった。鼻が曲がりそうに臭

くて、むっと甘ったるくて、生肉とくるくる巻いた角だらけで、彼女の顔がつぶれていて、生まれたてほやほやのものから聖書時代のものまで、すべてのものが繁殖し異種交配しつづけている場所。わたしはそれを受け止めきれなかった。彼女の生の過剰さは、わたしには脅威だった。そこには想像力を働かせる余白も、物語をこしらえる余地もなく、だからわたしは自分を役に立つと感じることができず、そもそも何を感じることもできなかった。彼女がわたしに求めたのは、ただそこに存在して、いっしょにフルーツを食べることだけだった。

家に着いたとたん、わたしはまるで意識から逃れるように眠った。三時間後に目を覚ますと、ネットはやらず、かわりにベヴァリーになったつもりで、生き物たちで手一杯でパソコンをやる「時間も気力もない」気分を味わってみようとした。『ペニーセイバー』はすでに最初のころほど魅惑的ではなくなっていたけれど、それでもわたしは座って最新号を開き、新しいリストに丸をつけるためにペンを握った。アンドルーの広告はまだ載っていた。あのオタマジャクシたちも、今ごろは変身をとげていることだろう。マイケルの革のジャケットは売れたようだった。これで彼は十ドルぶん女の体に近づいたことになる。いろいろなものが変わっていくのに、わたしだけが変わらなかった。自分の小さな穴ぐらに閉じこもり、何もないところから何かをしぼり出そうとあがいていた。ただお話をこしらえるだけではだめだった。ジェイソン問題への答えは、現実の材料から作られた、血の通ったものでなければならなかった——この物語の他の部分がすべてそうであるように。

映画の登場人物たちは、どの人も苦労の末に生み出されたものだった。時間がかかることもあればすぐにできることもあったが、たいていは最初に時間がかかり、途中からは一気呵成だった。ちょうど一年前、一週間苦しんだあげく何ひとつ出てこなかったとき、わたしは自分に向かってこう言った。オーケーこの能無し、もし書くことができないっていうんなら、それを聞こうじゃないの。「デキナイ」の音がどんなだか、聞いてやるのよ。わたしはきれぎれの、人間離れのした声を口から出して、鈍くてぶきっちょな手でそれをタイプした。できあがったのは、ぶざまなデキナイの物語だった。長すぎたし、ソフィーとジェイソンの話とは何の関係もなかった。いったい誰がこんなしゃべり方をする？　男でも女でもない、とても映画に使えるようなキャラクターじゃない。

夫の車が戻ってくる音が聞こえたので、わたしはこれ幸いとパソコンを閉じた。ポーチに出て、車を駐車している彼に向かって手を振った——と、目の前で恐ろしいことが起こった。うちの犬が車の中から飛び出して、猫を追いかけて通りに出たところに、べつの車が猛スピードで走ってきたのだ。車は犬を避けようとして大きく蛇行し、かわりに猫をはねた。すべてがあっと言う間だった。ついさっきまでデキナイについて書いていたわたしが、次の瞬間には猫の亡骸《なきがら》を袋に入れていた。近所で何度か見かけたことのある、毛のよごれた年寄りの野良だった。わたしたちは共犯だという気がした——わたしと、わたしの夫と、車のドライバーは。わたしたちみんなが不注意だった、今日でなくとも過去のどこかで、そしてその積もり積もった不注意が見知らぬ誰かの死となって結実した、そんな気がした。

猫を土に埋めおえると、わたしはまた机に向かい、きれぎれのモノローグをもういちど読みかえした。人間離れのしたその声に、前よりも優しい気持ちがわいてきた。それはデキナイんじゃない、ただとても淋しくて、くたびれて、誰からも愛されない——そう、つまりは野良なのだ。わたしは彼にパウパウ（お手々ちゃん）と名前をつけて、彼の死の仇をとると心に誓った。こうして彼も脚本の一部となった。

物語の中にこの猫の居場所を見つけるまで、長い時間がかかった。何度も何度も、パウパウのモノローグ部分はカットしたほうがいいと、やんわりアドバイスされた。でもわたしには彼を二度も殺すことはできなかった。それに彼の声はわたしが創ろうとしているものの、痛ましくて、滑稽で、問題だらけの魂なのだという気がした。決心したからといって何かがうまくいくわけではなかった。ロバから遠く離れた何もない場所にシッポを貼りつけてしまうのは、いつだってみっともない。まちがっているのかもしれないし、じっさいどう見てもまちがっている——でももしかしたらロバのいる場所がまちがっているのかもしれないし、ロバは二頭いるのかもしれない。シッポのほうが先に正しい場所に着いたのかもしれない（〈ロバと尻尾〉は、目隠しをして、ロバの絵に正しく尻尾を貼りつける遊び）。

Pam

パム

写真アルバム

1冊10ドル

レイクウッド

わたしたちが訪ねていくと、パムはこんなに家の中が散らかっているのにどうしましょうと何度も言った。大丈夫です、とてもきれいですとわたしたちは言った。嘘ではなかった——埃ひとつなく、雑多なアートで埋めつくされていた。ゲインズバラの『青衣の少年』や『一角獣狩り』等々、見おぼえのある絵画を緻密に再現した刺繡は、何年にもわたるパムの手仕事だった。みんなでうずたかく積まれたアルバムのまわりに陣取ると、わたしはそのうちの一冊を取って膝の上にのせた。

ミランダ　このアルバムは、どこで?

パム　わたしの友だちがいますけれども、その人の友だちが、大きなガレージセールを開きます。わたしは最初のアルバムをずーっと見て、それから二つめのアルバムを見て、そして言いました、「まあ、とても面白いわ。わたしもこの女の人みたいにバカンスに行けたらいいのに」。

わたしは彼女の話を聞きながら最初のアルバムをぱらぱらめくり、次の一冊を開いた。中身はすべて、同じ一組の裕福な白人夫婦の写真だった。五〇年代の結婚式から始まって、夫婦の最後の船旅で終わっていた。

パム　この人たち、彼らは世界中を旅していますね。ギリシャやイタリアや日本、そしてどこもみんな美しいです。本当にとてもすてきで、わたしもいつの日か行きたいと思うけれど、今はお金がない。わたしの人生、わたしはうんと若くに結婚して、旅行の時間がありません。けれども思います、まあ、でもこの写真を見られるんだもの、ぜんぜん旅行なしよりはいいわって。

ミランダ　じゃあ、これはぜんぜん知らない人たち？

パム　そう、知らない人たち。でもこのアルバムが捨てられてしまうのはいやなんです。もう十年ぐらい、自分の家に置きます。

わたしは、この人もしかしてコレクターの気《け》のある人かしら、と思って彼女をちらっと見た。マイケルの着ていたブラウスとちょっと似たピンク色のノースリーブのトップスを着て、バロック的なインテリアセンスのせいで実際よりも老けて見えた。四十八歳、とわたしは踏んだ。くたびれた四十八歳。

SHIP'S PRINCIPAL ELEMENTS
Cruise Statistics. . .
DISTANCE COVERED ON THIS CRUISE
(IN NAUTICAL MILES)
Los Angeles - Honolulu
Total distance

ミランダ　この人たちの人生はどんなふうだったと思います？
パム　とても、とてもいい人生と思います。すてきで幸せな人生、だってこんなに長く生きましたし。
ミランダ　たしかに、ずいぶん歳をとってからの写真もありますね。
パム　そう、とても、とても年寄り、そしてすてきなのは、旅行に行くだけでなく、二人がいっしょにいて幸せそうなことですね。ほら、このご主人、ただにこにこしていて、とてもすてきでしょう。わたしは誰かがすごく幸せそうにしているのを見ると、うれしくなります。
ミランダ　この夫婦、かなり長生きしたんでしょうか？
パム　ええ、この女の人はたぶん九十五歳ぐらい、そして男の人は九十歳、はい。
ミランダ　でも、この人たちの子供がこのアルバムを手放したっていうのが不思議なんですけど。だってふつう——
パム　二人には子供がいません、はい。二人には子供がいません。
ミランダ　それで、あなたはギリシャからこちらへは、いついらしたんですか？　何歳のときに？
パム　十七歳でした。結婚して、それからこちらに来て、それから子供を三人産みました。
ミランダ　すぐに？
パム　そう、一年後に。

ミランダ　すると十八ですね。お仕事は何をされてたんですか？
パム　わたしたちはレストランで働きます。食べ物を作ります。
ミランダ　つまり、お店をやっていた。
パム　はい。二十年一つ、それから十三年一つ。
ミランダ　へえ——じゃあ二十三年も。
パム　そう、三十三年。
ミランダ　あ、そうか、三十三年。あなたはお店で何をしていたんですか？　どんなお仕事を？
パム　わたしの仕事はウェイトレスと、給仕と、レジと——あと、お客さんと話したり。
ミランダ　パソコンは持ってますか？
パム　いいえ。わたしはパソコン知らない。知りたいと思いますけど、でも知らない。

パムがまたべつの一冊を開き、どこかのリッチな白人夫婦が船に乗っているのを彼女といっしょに見ているうちに、わたしは逆に自分がパムになったような奇妙な感覚を味わった。彼女はこの夫婦のために空想であれこれ幸福をこしらえているけれど、わたしから見れば彼らはいかにも退屈な人たちで、むしろパムの移民の物語のほうが、よほど感動的で味わいぶかいように思えた。でも、たぶん彼女もわたしもそうまちがってはいないのだろう。要するにわたしたちはどちらも、何より自分の抱える問題から逃げ出したいだけなのだ。

ミランダ　前にも『ペニーセイバー』に広告を出したことはありますか？
パム　いいえ。
ミランダ　じゃあ、なぜ今になってこれを売ろうと思ったんですか？
パム　それは、はい、ちょっと家が狭くなったので。
ミランダ　今までに誰か買いたいと言ってきた人はいます？
パム　はい、たくさん。でも――
ミランダ　でもけっきょく誰も買わなかった。
パム　はい。でもわたしはこれを捨てることはできません。前にお店に来ていたお客さんがいて、彼女は九十五歳ぐらいでした。メグさんという名前でした。とてもいい人でした。毎日十一時にお店に来て、食べます。そしてそのお客さん、彼女はあなたみたいな仕事をします、いろんな人のところに行って、写真を撮って、誰かと話をする。それが六十五歳とか、それくらいのときに、彼女が何をすると思います？　毎日自分の写真を撮りはじめるのです。そして家に帰って、写真をスクラップ・アルバムに貼る。とてもきちんとした人で――三つの部屋にアルバムが、こんな高さで、山のようにいっぱい。そしてその人はある日死んでしまいました。そしたら義理の息子がやって来て、アルバムを全部もっていって、ゴミに出してしまった。とても悲しいことです。だからわたしはこのアルバムを買います、誰かがこれをゴミに出してしまわないように。わかるでしょう？　それはとても悲しいことですから。

六十五歳という、若さをとうに過ぎて、ほとんど女性でさえなくなった年齢になって、一人の女が毎日自分の写真を撮ろうと決意した。まさにわたし好みのアートだ。彼女がソフィー・カルでもなくトレイシー・エミンでもないぶん、それはよけいに大きな意味をもつ。彼女は三部屋ぶんのアルバムを誰も欲しがらないことを最初から知っていた。彼女の作品の価値は完全に自己完結していたのだ。もちろんわたしはそのアルバムを救えなかったことを残念に思ったが、このパフォーマンスが彼女の死と、作品がすべてゴミとして捨てられることによって完結されるべきであることもまた知っていた。そのようにして終わってはじめて、それは人に何かを考えさせる。

わたしはパムのアルバムを何冊か買い、家に帰ってから、夫婦が大学の同窓会や観光名所で並んでポーズをとっている写真をがまんしてながめた。この人たちから得られる教訓は明らかだった。もしもあなたが絶え間なく世界じゅうを船で旅してまわることに一生を費やし、一度も陸地に上がって子供を植えつけようとしなければ、あなたの死後、見ず知らずのギリシャ女があなたの遺産の管財人になるのだ。そしてその女の家が狭くなれば、それは『ペニーセイバー』で売りに出されることになる。しかも買い手はつかない。

わたしはいい映画のタイトルが降りてくるのをずっと待っていたけれど、もういよいよ決めてしまうことにした。短いタイトルにしたかった。うんとありふれた、短い単語一つ。わたしはもっともよく使われる名詞は何かと調べてみた。もっとも一般的な名詞の第一位は time だった。

すこしだけ孤独が癒される気がした――みんなもやっぱり時間のことを考えていたのだ。第二位はpersonだった。第三位はyear。そして第三百二十位がfutureだった。ザ・フューチャー。

スタートした当初は、時間についての脚本を書くことになるとは思っていなかった。だが脚本を書き上げるのと企画を実現させるのとに手間どっているうちに、「時間」はどんどんわたしの人生の主役になっていった。恋人とわたしは最初、お互いの映画が完成したら結婚するつもりでいた。けれどもスポンサーが見つからないまま半年が過ぎたところで当初の予定を変更して、日を決めて、何が起ころうと結婚してしまうことにした。何が起こることもなく、わたしたちは結婚した。そして『ペニーセイバー』の売り手たちにやみくもに会いはじめていたころ、わたしはふと気がついた――自分はもう子供を産んでもおかしくない歳になっているどころか、子供を産むのに手遅れといってもおかしくない歳になりかけているのだ、と。猶予期間は五年。インディペンデントの映画が資金を得るのに最低でも一年、撮るのに一年、不測の事態を見越してさらに一、二年の余裕を見ておかなければならないことを考えれば、五年はけっこうぎりぎりだ（それに自分も出演するから、妊娠しているあいだは撮りたくても撮れない）。

かくして、わたしの時間は時間を計算することで明け暮れていった。見知らぬ人々の言葉に耳を傾け、未知なるものの力を信じようと努力しながら、心のどこかでは、いつまでこれが続くんだろう、子供をもつことに比べて、これにどれほどの意味があるんだろう、と考えている自分がいた。周囲から聞こえてくる声は、どれも「ない」と言っていた。子供をもつことより大事なことなんて、ありはしない。

もう一つ、この男と死ぬまでずっといっしょにいることを神に誓って以来、わたしは死についてもよく考えるようになった。彼と結婚したときに、避けがたく訪れる自分の死とも結婚したような気がした。誓いを立てる前までは、自分は独りかもしれないけれど永遠に生きつづけるような気がしていた。だが、いまやわたしはこのさき確実に独りではないかわりに、確実に死ぬ存在になった。わたしは親族や友人たちの前で、死ぬことに同意したのだ。そのときの写真をブリジットが撮っている。わたしが笑いながら同時に泣いているのは、無理からぬことだった。死とわたしのあいだにある唯一のものが、子供だった。もし子供をもつのを先延ばしにすれば、それだけ死も先延ばしにできる、そんな気がした。だからわたしは早くこの無駄な時期を乗り越えて映画を作り、そうして手遅れになる前に子供を産みたいと焦るいっぽうで、心のどこかではひそかに、あまり急ぎたくないとも思っていた。

わたしはべつの意味でも自分の人生を縮めていた。わたしの結婚相手はわたしより八歳年上で、ということはわたしよりちょうど八年早く死ぬわけで、それはつまり、わたしの人生の最後の八年間が無駄になることを意味していた。その間をずっと泣いて暮らすことになるのだから。

Ron

ロン

六十七色のカラーペン・セット

65ドル

ウッドランド・ヒルズ

このころになると、『ザ・フューチャー』の脚本を二百回書きなおすよりも、ハリウッドのスターを主役に据えたほうがスポンサー受けするのではないか、と周囲からやんわりアドバイスされるようになった。ジェイソンとマーシャル——わたしの演じる役が関係を持つ相手——については もう頭のなかで配役を決めてあったので、これは困った問題だった。二人ともすばらしい役者だったが、大きな映画で小さな役をやるか、誰も知らない映画で大きな役をやるかのどちらかしかしたことがなかった。最初の映画でも有名なスターは一人も使わなかったけれど、それでうまくいったじゃない、とわたしは言ってみた。でも無駄だった。あれは二〇〇五年の話なのだ。今だったらあの映画も撮れてなかっただろうね、とみんなは不吉なことを言った。なんだかまるで不況が時をさかのぼって『君とボクの虹色の世界』のスポンサーをいなかったことにし、撮影をされなかったことにし、編集もしなかったことにして、あの映画そのものをばらばらに分解してしまう力をもっているかのようだった。

わたしは初老のテレビや映画のスターでマーシャル役に良さそうな人を探すことにした。〝カムバック〟というのが自分の中で一番しっくりくるイメージだったので、子供のころ観た映画やテレビで主役をやっていた人たちを思い浮かべ、その人たちが今どうしているかを調べてみた。結果は人生いろいろだった。みんなぶくぶく太っていた。多くはＤＶやらドラッグやらをやっていて、逮捕写真《マグショット》が出てくる人も少なくなく、なによりわたしから見て〝ぐっとくる〟人は皆無に近かった。でもそれはむしろ望むところだった、それこそがこの役の肝なのだから——不釣り合いな、ほとんどあり得ないような相手であることが。そんなことをやりながら、わたしはいっぽうで『ペニーセイバー』の売り手たちにもあいかわらず電話をかけ続けていた。俳優たちと〝本物の〟面接をするようになってからは、むしろますます熱心に、ほとんどむきになって、このインタビューを続行していた。

ロンははじめ、どうにかしてインタビューを電話で済ませようとした。事情があって家に人は呼びたくないのだ、と彼は言った。ところがそのうち急に考えを変えて住所を教えてくれた。ドアをノックしながら、わたしは何が出てきても驚くまいと覚悟を決めた。顔がないとか。頭がないとか。頭はあるけど体がないとか。車の上に頭がのっているだけとか。でもロンにはちゃんと体も頭もあって、頭の上には野球帽までのっていた。今まで出会った人のなかで誰よりも普通っぽいと言ってもよかった。わたしたちのために、彼はベッドと床の上に品物を陳列していた。新品の本とＤＶＤ、それに六十七色のカラーペン・セット。ほとんどが子供向けの商品で——『ミセス・ダウト』の顔が見えたし、ドクター・スースの『ホップ・オン・ポップ』もあった——どれもうっすら不正入手の匂いがした。ロンは狭いアパートの部屋をのそのそ動きまわり、わたしたちのために椅子を並べてくれた。

ロン　けっこう大変だったよ、あんたたちが来るっていうからクローゼットからこれ全部出してきて並べてさ。

ミランダ　はい、ありがとうございます。

ロン　まあすごく苦労したってわけじゃないけど、けっこうね。

ミランダ　ほんとに感謝してます。お手間とらせちゃってすみません。まず、お仕事は何をなさってるんでしたっけ。

ロン　会社社長。

ミランダ　なるほど。もうちょっと具体的に教えてもらえません？

ロン　金融投資の会社を経営してる。マージンを利用するの。銀行の金を使って、それから証券会社から八パーとか九パーとかでその日一日だけ金を借りる。一日だけ金を借りてその日のうちに株を売ると——これ誰も知らないことなんだけどさ——たとえば一万持ってたとすると、あと一万株屋から借りれるから足して二万になる。その二万で買ってその日のうちに売ると、株屋から借りた一万は利子を払わなくていいわけ。

ミランダ　はあ。

わたしはあまり数学が得意なほうではないので、まるで紙吹雪をぱっと宙に放って、それを言

UNCOMMON
CURES
FOR
EVERYDAY
CONVECTION OVEN

葉だと言われたみたいな気がした。わたしは懸命に耳を傾けた。何か勉強になるかもしれないし、もしかしたらあとで税金のことを教えてもらえるかもしれない。

ロン　その金を次の日まで持ち越すと一日ぶんの借りってことになって、九パー利子がついちゃうだろ。まあそれ割る三百六十五だから知れてるけどさ。

ミランダ　ええ。

ロン　でも何週間も何か月も持ってるとけっこうな額になるわけよ。

ミランダ　ですね、はい。

ロン　言ってる意味、わかる？

ミランダ　ええ。

ロン　僕はね、すごく数字に強いの。昔から数字が得意だった。根っからの数字人間。数字に関しちゃすごいよ。小学校では五年生までクラスで一番だった。五年生で分数が出てきて、そっからちょっとつまずいちゃったけど。

ミランダ　そうですか。

ロン　だもんだから、アトランティック・シティで初めてブラックジャックやったらはまっちゃってさ。それこそ何千時間ってくらいやった。また悪いことにビギナーズラックがあった。うまくはないけどビギナーズラックがあった。だから勝った。それからしばらくして負けた。それから勝って、それから負けて、それから勝って、それから負けて、で結局負けが続いて、勝ちより負けのほうが増えた。

ブラックジャックの話は長くて入り組んでいた。彼は〝カード・カウンティング〟というのがどういうものなのか、なぜそれが違法なのか、なぜ自分のやったことは違法ではなく、だが厳密に言えばそれもやっぱりカード・カウンティングだったかについて語った。質問をさしはさむのは高速道路で合流するのに似ていた——わたしはアクセルをぐっと踏んで、彼が言葉を切ったわずかな隙に割りこんだ。

ミランダ　将来の夢は何ですか？

ロン　ここ何年か、俺の人生ほんとにつらくて苦しかった。おかげで結婚の目もなくなったし。

ミランダ　はい。

ロン　どんなにつらかったか、あんたわかる？

ミランダ　いえ。

ロン　それがあと何か月かで終わるんだ。

ミランダ　そうなんですか。

ロン　誓ってビジネス上のことだったんだよ。

ミランダ　はあ。

ロン　純粋にビジネスがらみの、マーサ・スチュアート的な……

彼はズボンの裾をちょっと持ちあげて、足首のＧＰＳ装置を見せた。

ミランダ　あっ、はい。あの、わかりました。

ロン　これがもうすぐ終わるんだよ。

ミランダ　それがはずれたら、きっと素敵でしょうね。

わたしはそれをほのぼのとした、お母さんみたいな口調で言った。大切なのは、彼が自宅拘禁の身であると知る前と後とで微塵《みじん》も態度を変えないことだった。たいていの人はここで引くだろうけれど、わたしがそうはしなかったことに、彼に気づいてほしかった。彼はこれからものすごく重大な極秘情報を明かすといったふうに、ぐっとこちらに身を乗り出した。

ロン　あのね、あんたに本当のことを教えたげる。足首にこれがつくってのは、三つの場合があるんだ。まずギャングがらみの奴にはこれがつく。それから地域にとって危険だとみなされた人物、というのはいわゆる被害者がたくさんいる場合で、それはビジネスがらみの犯罪か……

ミランダ　ええ。

Disney
Movie Club
Disney
Movie Club
Fiddler on the Roof
Doubtfire
West Side Story
A Fly Went By
Are You My Mother?
Sleepy Dog
Put Me in the Zoo
Dr. Seuss
One fish
two fish
red fish
blue fish
Dr. Seuss's ABC
Summer
Tooth
Hop on Pop
Dr. Seuss
Oh say can you say?

ロン　……それか性犯罪か、ヤクの売人か。売人ったってそのへんの小物じゃない、いわゆるディーラーってやつだ。

ミランダ　はい。

ロン　いま言った四つのうちのどれかだと、こういうのがつくわけよ。世間の人は足首にこれがついてるイコール性犯罪者だと思ってるだろ。性犯罪者はみんなこれつけてるからさ。

ミランダ　ええ、ですね。

ロン　ところが実際はギャングもこれをつける。あとさっき言ったみたいに、ヤクのディーラーもこれをつける。仮釈放委員会が地域社会にとって危険だと考えた人間はみんなこれをつけるんだ。俺はね、刑務所にも行ったの。

ミランダ　そうなんですか。刑務所で一番つらかったことって、何ですか?

ロン　人間だね。他の囚人連中。ああいう札付きの人間が大勢いる中にいるってのは、きついよ。あいつらみんな、立場の弱い人間を食い物にしようと待ちかまえてるから。

ミランダ　ええ、ええ。

ロン　正直言って、俺なんか完ペキに弱者だと思われてたから。歳も上だったし。ソフトだし。つっぱらかってないし。

ミランダ　はい。

ロン　だから外でいつもやってるみたいに、歩くときちょっと気持ち構えて歩くようにした。

こわもてな感じで、近くにいるギャングとか、そんな奴らに「俺に構うんじゃねえぞ」って感じが伝わるようにさ。

ミランダ　ええ。

ロン　ぐずぐず歩かない。年寄りみたいに歩かない。いつもきびきび、すばやく歩く。それにいつも周りにどんな奴がいるか気をつける。今までずっとそれを心がけてきたんだ。

ロンは、誰もがこういう人物のアパートに入るはめにだけは陥るまいと心がけて一生を送るようなタイプの人間だった。そしてそういう人々の理解者になってあげるよう努力しなさいと親から言われて育ったわたしは、彼とのインタビューには最大限の注意を払ってきた。だが際限なく続く彼のおしゃべりを聞いているうちに（オリジナルの書き起こし原稿は五十ページ以上にもなった）、自分はべつにこの手の人々を理解したいわけではないのだ、ただ彼らに理解されたと感じてほしいだけなのだ、と気がついた。なぜか。ああこいつもやっぱり自分を信じていないのだと思われたら、あとが怖いからだ。彼らが最後の審判を下すときには、わたしのことだけは除外してほしいのだ。

ブリジットはとっくに写真を撮るのをやめ、出口のあたりに立って、大きく目を見開いてこちらを見ていた。アルフレッドはわたしの背後で完全に気配を消していた。

ミランダ　何か趣味ってあります？

ロン　歌を歌うね。

ミランダ　どんな歌を歌いますか？

ロン　んー、たとえば『恋のティーンエイジャー』って曲とか。

ミランダ　エヴァリー・ブラザーズの？

ロン　ディオン&ザ・ベルモンツ。いやディオンだけだったかな。ときどき胸ん中にたまってるもの全部わーって吐き出しちまいたくなる。

ミランダ　わかります。歌のうまい人って、感情を歌に託すのがうまくて、それってほんとに才能ですよね。

ロン　あのさ——これ昔っからいろんな人に言われてきたことで、ほんとに信じてほしいんだけどさ。僕はさ、子供に好かれるタイプなんだよ。昔リシーダで裁判所関係の仕事してたことがあるの。たとえば女房から旦那に裁判所命令が出てて、誰かが子供のそばについてなきゃならないときとか、逆に旦那から女房に出る場合もあるけど、そういうときに子供のそばについててやる仕事をやってたんだ。そんな人間がさ、危険なわけがないんだよ。だろ？

ミランダ　ええ、ええ。

ロン　裁判所にだってきっちり身元を調べられたんだ。八〇年ごろにやってたバイトだけどね。あんまり子供たちが僕ばっかり指名するから困ったくらいでさ、派遣会社にも言われたよ、「ロン、きみをリクエストする人が多すぎて困ったよ」って。

ミランダ　ええ。

ロン　僕はね、子供の扱いがすごくうまいの。向こうのレベルに自分を合わせて、それで自分もいっしょに楽しむ才能があるから。誓ってマイケル・ジャクソン的な意味じゃなく——

ミランダ　ええ、わかります。今までの人生でいちばん幸せな思い出って何ですか？

ロン　幸せだったのは、二十六のときにうんと年下の女の子と三年間付き合ってたときだね。その子のことは本気ですごく愛してた。でもあっちはまだ結婚できるような歳じゃなくて、だから言ったんだ、「あと何年かしてお前が十八になって、それでもその気があったらそう言ってくれ」って。けどそうなったら彼女はきっと広い世界に飛び立っていってしまうだろうってわかってた。俺だってバカじゃないんだから。

ミランダ　じゃあ、それがいちばん幸せだったとき？

ロン　あのときはほんとに幸せだった。それからうんと年上の女とここでいっしょに暮らしてたときもよかった。でも彼女は精神病院に入っちゃって。自分とそう歳の変わんない息子二人に俺から電話をかけて、彼女が自殺未遂をやったって知らせたんだ。

ミランダ　それはつらかったでしょうね。

ロン　彼女とはほんとに真剣な、ステディな仲だった。俺よりずっとずっと年上だったけど。

ミランダ　おいくつだったんです？

ロン　まあ正直、七十はかるく越えてた。でも彼女はスリムだった。清潔だった。話し方が

UNCOMMON CURES FOR EVERYDAY AILMENTS

優しかった。いい人だった。俺の最愛の人だった。

ここまできてやっとわたしにも、彼がわたしたちを帰すつもりがまったくないのがわかってきた。どこかで切りをつけなければならなかった。わたしは頭の中で三つ数えて立ちあがった。人がよくやるみたいに腿のあたりをぽんぽんとはたき、〝お世話になりました〟的な声と仕草をした。わたしたちがいとまを告げて出口に向かおうとすると、ロンがわたしを呼びとめた。

ロン　ミランダ、じゃ一つだけ質問。
ミランダ　はい。
ロン　あなた結婚はしてる？
ミランダ　ええ、はい。
ロン　子供は？
ミランダ　子供はまだ。結婚したばかりなので。
ロン　ああ。結婚したばかりなんだ。
ミランダ　ええ。
ロン　いやさ、あんたみたいに素敵な女性が独りのわけないと思ったからさ、それで聞いただけ。あんたにはほんと、思ってること全部言えたしほんとの自分をさらけ出せた。僕のやってる会社では市場調査もやってるんだ。いろんな事業を手広くやってて——

ミランダ　待って、口で言うより見せたほうが早いから。
ロン　でももう失礼しないと、わたしたち……
ミランダ　うん、いや、今ぱっと取ってきて見せようと思ったんだけど。
ロン　ええ、はい。
ほらこれ、スターバックスのプリペイド・カード。全部で二十枚もあるよ。ね？

彼はそれを百万ドルぶんの札束みたいに、まるでわたしたちがスターバックスのカードを見てびっくり仰天するとでもいうように、扇形に広げてみせた。

ミランダ　あー。
ロン　エクソン・モービルのカードもあるよ。二十枚以上ある。財布ん中にはウォルマートのギフト券だって山ほどあるし。
ミランダ　へええ。

それは彼のせいいっぱいの持参金、彼の財産目録だった。

ロン　これ全部盗んだんじゃないよ。すごく手間ひまかけて集めたんだ。莫大な忍耐と、努力と、戦略を駆使して手に入れたんだ。でもこれがあれば、その、これを使ってすごいことが――

ミランダ　あの、今日はありがとうございました。あいにくと……

ロン　ああ。

ミランダ　……このあともう一つインタビューの予定が入ってて。

ロン　ああ。うん。

ミランダ　本当はもっとゆっくりしたいところなんですけど。

ロン　いやいいよ。長いこと引き止めちゃって。

ミランダ　いえ。とても楽しかったです。

ロン　こっちこそ。

わたしたちは走りだしたいのを抑えて無言でエレベーターまで歩き、アルフレッドがエレベーターのドアが開くまで何度も何度も〈下〉のボタンを押しつづけた。わたしは囚人ペンフレンドのフランコを思い出さずにはいられなかった――あるいは彼のことを善意に解釈してあげようと懸命に努力していた、当時のわたしを。わたしは彼のチャーミングなところ、優しいところだけを見て、彼が殺した相手のことはつとめて考えまいとした。子供のわたしになにがわかるの？もしかしたらわたしだって、将来殺人を犯さないともかぎらないじゃない。そんなこと起こりっこない気がしたけれど、起こりっこないことが起こるのが人生だ。

あれから二十年たって、わたしも用心ぶかくなった。ロンはまるで宇宙の中にある、けっして

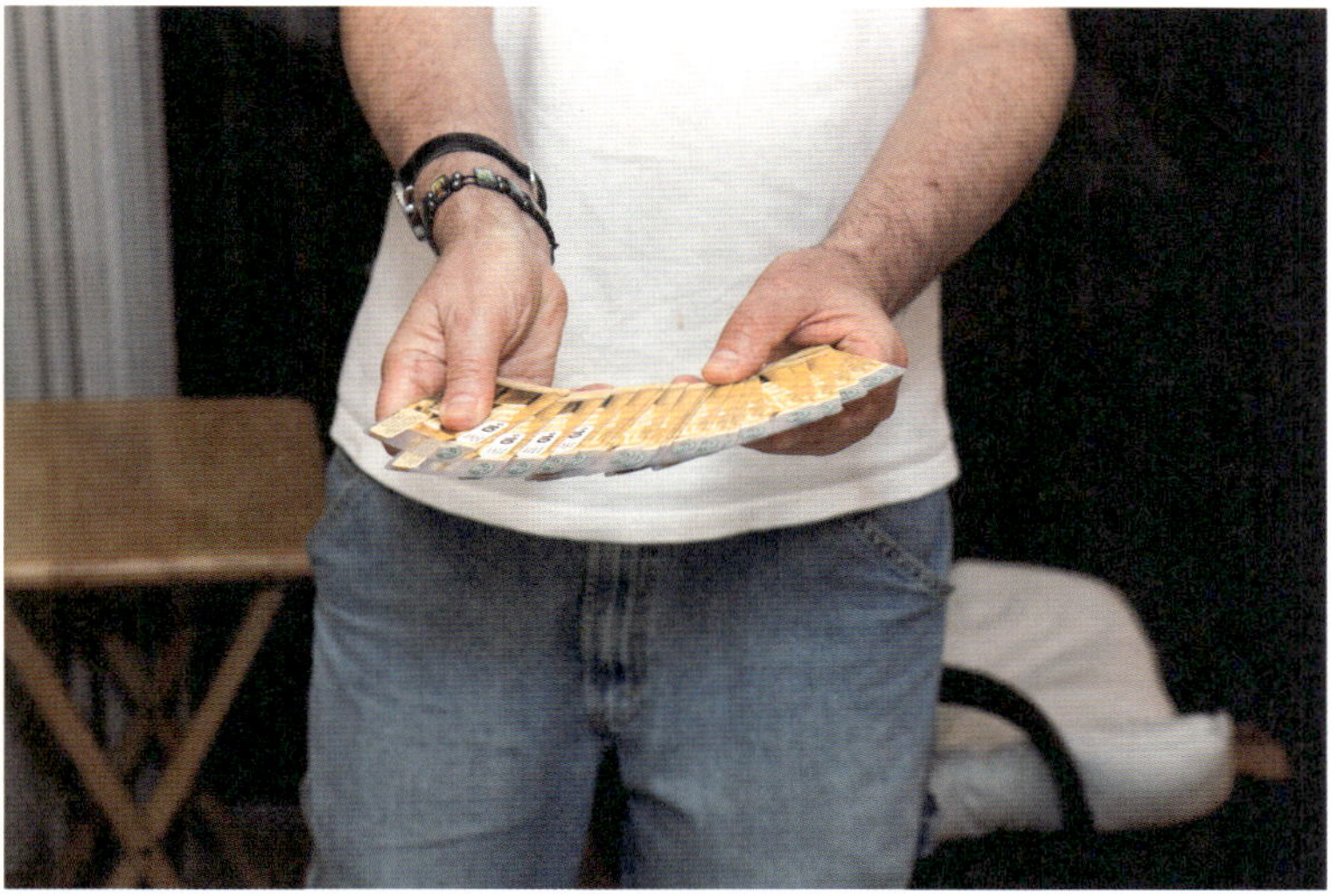

温まることのない冷点のようだった。それでもまだ心のどこかには、彼を信じるこの世でただ一人の人になりたい、彼にとっての唯一の例外になりたいと思う自分がいた。でも、とにもかくにも今は十六歳の自分の手をひっつかみ、未来のわたしの娘の手もつかんで、一目散に逃げたかった。

ロンにインタビューしたあと、わたしは『ザ・フューチャー』の脚本を読んでマーシャルの役に興味を示してくれた俳優と会った。『マイアミ・バイス』のドン・ジョンソンだ。わたしは例によって早く着きすぎ、あちこち走りまわって道に迷い、おかげで例によって遅刻した。道に車を停め、歩いて大きな門の前まで行き、ボタンを押すとビデオカメラが作動した。わたしは手を振り、車を乗り入れるわけではないので門を全部開ける必要はない、ということを伝えようとした。カメラに向かって自分の体の幅はこれくらい、と両手で示してみた。門が開きだし、隙間からすべりこんだが、それでも門は開きつづけた。中に通され、ドンの書斎で彼と差し向かいで座ったあとも、まだ門が開きつづける音がした。それから門は逆方向に動きだし、長い道のりを引きかえしはじめた。

ドンはハンサムで、五十を過ぎた男の人によくある、がっちりした体格をしていた。こういう体つきの男の人は往々にして俺の腹をなぐってみろとか言ったりするものだが、今回はそれはなかった。わたしたちは瞑想や仏教の話をした。彼が過去に薬物をやっていたかどうかはわからなかったが、彼がドラッグからのリハビリの過程で瞑想と出会ったのだったらいいなと思った。相手がリハビリ経験者だとわかると、わたしはいつもほっとする。それだけでもう話題に困らないからだ。わたしが特に何かのリハビリを経験したというわけではないけれど、試みて、失敗して、また試みてという感じはよくわかる。リハビリを経験した人たちはそういうことを話すのに慣れている——そうすることを要求されるからだ。

ドンとわたしは今ここに在るということ、そして〝現在《いま》〟のとらえにくさについて語りあい、それから彼が自分の息子の偉大な才能についてひとしきり話し、それを聞いてわたしは案の定ほろっとして泣きそうになった。わたしは泣くのをこらえるためにお尻にぎゅっと力を入れ、頭の中で〈ファックユーファックユーファックユーファックユー〉と唱えるという裏技を駆使した。それから脚本の話になり、わたしはいちどオーディションを受けてほしいと持ちかけた。それはこの手の話し合いでは決して言ってはいけないNGワードだった——相手にとってこれが失礼に当たるらしいということを、わたしはいつもいつも忘れてしまう。かくして会談は突如打ち切りとなり、彼はわたしを門まで送り、門が開き、わたしが車で走り去るときも門はまだ開きつづけていた。

二十歳のとき、わたしはオレゴン州ポートランドに移り住んだ。ポートランドはノーマン・メイラーが『死刑執行人の歌』で書いた殺人犯ゲイリー・ギルモアの住んでいた街だ。わたしは十五のときにこの本を読み、いらいずっとポートランドのダークサイドが頭から離れなかったが、べつにそれが理由で移住したわけではなかった。そのころ北西部で巻き起こっていたライオット・ガール革命に身を投じたかったのと、ガールフレンドのそばにいたかったからだ。それでも、もしもしくじれば暗黒世界が自分を待ち受けているにちがいないといつも思っていた。

わたしは新聞の求人欄で〈ポップ・ア・ロック〉の、車のドアロック解除の仕事を見つけた。デニーズで面接を受け、血糊や髪の毛がこびりついて〈感染注意〉のステッカーが貼られた廃車が山積みになったゴミ集積場で訓練を受けた。ぶかぶかの赤いベストに腰から下げたポケベルが仕事着だった。呼ばれれば二十四時間いつでもどこでも出かけていった。まるまる三つの郡が受け持ちエリアだった。お客はみんな、自分たちを救いに現れたのがこんななよなよした人間なのにがっかりした顔をしたし、じっさい車のドアを開けるのに一時間ちかくかかることもしょっちゅうだったが、それでも最後には何とかなった（〝ひっかけてガチャガチャ〟がコツだ）。わたしは最後の最後まで〈ポップ・ア・ロック〉を礼賛しつつ働いて、辞めた瞬間にやっと、この世にこれほど最低な仕事はないと認めた。

生活のためにやったアルバイトらしいアルバイトはそのドアロック解除の仕事が最後だったけれど、べつにその後もアートで食べていけるようになったわけではなかった。どうしたかというと、泥棒になったのだ。食糧や服はもちろんのこと、釘で固定されていないものならおよそ何でも盗んだ。ある日〈ペイレス・シューソース〉で、前をベルクロで留めるようになった黒のテニスシューズを失敬した。リーボックの紛《まが》い物みたいなやつだった。左足のベルクロ部分に盗難防止のタグが突き刺してあったが、そこはちゃんとハサミを持参していた。ハサミを使ってタグをはずし、靴をバッグに突っこみ、店を出てそのまま通りを歩き、〈グレイリング・ブラザーズ〉

という看板の出た靴のリフォーム店に入った。そして店にいた男の人に、この素敵な黒いベルクロの靴を厚底にしてほしいと言った。もっと背が高くなりたかったのだ。彼はどうして左のベルクロのところが切れているのかと質問した。わたしはまるで今はじめて気がついたとでもいうように、そこをまじまじと見た。彼は頭をうしろに引き、わたしのなりを上から下まで眺めわたし、それから「きみ、なんか変わってるね」みたいな感じのことを言った。言葉はちがったかもしれないが、それを聞いてわたしはびくっとした。当時のわたしは基本いつでもびくびくしていた——無理もない、人に後ろ指をさされるような、へたをすると刑務所に入りかねないようなことを山ほどやっていたのだから。わたしは自分の職業はパフォーマーで、この靴はパフォーマンスに使うのだ、とごにょごにょ言った。いったい何を——つまりどんなパフォーマンスを——やっているのかと彼が訊くので、厚底に生まれ変わった靴を受け取りに行ったときに、自作のCD『テン・ミリオン・アワーズ・ア・マイル』を持っていった。

それが〈グレイリング・ブラザーズ　靴リフォーム店〉のリチャード・グレイリングとわたしの友情の始まりだった。〝ブラザーズ〟の片割れはいなかった。ただなんとなく語呂が気に入ってつけたんだと彼は言った。リチャードはいつも張りつめていて予測不能で、突拍子もない危険なことをしでかすかと思えば、ふいにずばり核心を突くような深いことを言ったりした。やがてわたしは、靴のどの部分もリフォームできるんだったら一から靴を作ることだってできるんじゃない、と彼をそそのかすようになった。そうして彼はわたしのために、二人でデザインを考えた素敵に風変わりでごつい靴を三足作ってくれた。その後彼は店を失い、しかたなしに〈マイヤー

&フランク〉というデパートの靴売場で売り子として働くようになった。それまでに彼はわたしの短編映画『毎日つよくなる』と『ネスト・オブ・テンズ』に出演し、当時わたしが書きすすめていた長編『君とボクの虹色の世界』の主人公の相手役リチャード・スワージーも彼がモデルだった。はじめは本人にその役をやってもらうつもりだったが、最後の最後で臆病風に吹かれたというか現実的になったというか、けっきょくはリチャードと同様ぎこちなくて不安定な雰囲気をもつ俳優、ジョン・ホークスを起用した。

それから何年間か、リチャードとは連絡がとだえた。わたしは無意識のうちにジョンにリチャードを重ねていた。ジョンが仕事で成功していったことで、何となくすべての人の人生が順調にいっているような気になっていた。だがちょうど俳優たちと会いつつ『ペニーセイバー』の売り手たちにもインタビューしていたこの時期、わたしはばったりリチャード・グレイリングと再会した。すこしも変わっていないように見えたけれど、本人いわくそうではなかった。あれからますます人生下り坂で、ついにはどん底まで落ち、今もまだそこから抜け出せないのだと彼は言った。わたしの目には彼はあいかわらず特別な存在だったが、たぶん嘘ではないのだろうと思った。彼本人と、彼を演じた俳優とを分けた明暗に、わたしの胸は痛んだ。自分の短編映画を観なおしてみたが、やっぱりリチャードの演技はすばらしかった。調子にムラがあるところをべつにすれば、ほとんどジョン・ホークスに引けをとっていなかった。判断をまちがったとは思わなかった。ただ、自分がいったいどういうタイプの映画監督になりたいのか、よくわからなくなった。

LAにはいろんな顔があるが、ハリウッドの城下町というのもその一つだ。わたしの知りあいもほぼ全員、フルタイムではないにせよ、なんらかの形で映画の仕事にかかわっていた。この街でハリウッド式映画作りのルールやしきたりに逆らうのはひどく困難な、ほとんどマナーに反することだった。ハリウッドの仲間入りができたのは、ある意味光栄なことだった。でもいっぽうでわたしは、いい映画を作る方法は一つじゃないんだぞと必死に自分に言い聞かせてもいた。わたしが何を書こうが、誰をキャスティングしようが自由なはずなんだ——幽霊だろうと、パイナップルだろうと、パイナップルの影だろうと。

Matilda & Domingo

マチルダとドミンゴ

〈ケア・ベア〉人形

2ドル〜4ドル

ベル

『ザ・フューチャー』の脚本を、わたしはわざと長いあいだ読まずにおいた。そうやってソフィーとジェイソンを異化しているあいだも、少なくともわたしには『ペニーセイバー』のインタビューがあった。その間に、眠れる脚本はヒッコリーの小屋のなかのハムみたいに熟成されていくはずだった。寝かせておけばおくほど日に日においしくなっていく。脚本がわたし抜きでどれくらい良くなったか、そろそろ確かめる頃合いだった。わたしは原稿をプリントアウトし、机の上に置いた。そしていったん部屋を出て、詮索好きの留守番人《ハウスシッター》になったつもりでもういちど入りなおした。こうすると、自分の書いたものでも読んでみたくなることがあるのだ。(まあ、これは何かしら?)——頭の中でそう言いながら最初のページを盗み見て、わたしは肩ごしにそっと後ろを振り返った。二ページめでもう素の自分に戻ってしまったけれど、とにかく読み進めた。読みおわったときにはパニックだった。冷却期間は完全に逆効果だった。『ペニーセイバー』の売り手の人々があまりに面白くてリアルで存在感がありすぎるせいで、自分の脚本が——猫のパウパウや、しゃべる月や、その他いっさいがっさいのお話が——どうしようもなくつまらないものに思えた。ジェイソンのシーンをどうするかについてはあいかわらずノーアイデアだったし、もう解決済みだと思っていたことまでわからなくなってしまっていた。絶望が頭をもたげはじめた。いや、〝絶望が頭をもたげはじめた〟なんて、そんな嵐の前触れの暗雲みたいにドラマチックなかっこよさはなかった。苦手な人と顔をつき合わせているような、みじめでうんざりした気分だった。

もしもわたしが映画の主人公のソフィーだったら、他の男のもとに走るのはきっと今だった。愛とか恋とかではなく、ただ子供みたいに自分を他人の手に委《ゆだ》ねてしまいたい一心で。でも映画の中でさえ、それでは何の解決にもならない。こういうとき、わたしはいつも『インディ・ジョーンズ　最後の聖戦』の一シーンを思い出すことにしている。インディ・ジョーンズの行く手をはばむ崖っぷち、その先に地面はない。それでも彼はその何もない虚空に一歩足を踏み出す。死ぬとわかっていても、そうする以外に道はないのだ。するとどうだろう、まっさかさまに落ちるかわりに、彼の足は奇跡のように何か固いものを踏む。何もないと思われたところに、じつは目に見えない橋が掛かっていたのだ。橋は最初からずっとそこにあったのだ。

派手でわかりやすい映画のことだから、インディ・ジョーンズが直面する危機はいつだって生きるか死ぬかだ――観客は思わず叫ぶ、「ああインディ、そっちはだめ！」それにひきかえ、わたしの一か八かはずいぶんと地味だった。インタビューをもうやめにして脚本を仕上げるか、それとも知らない人たちと会いつづけることでいつか脚本を仕上げるために必要な何かをつかめるはずだと信じてインタビューを続行するか。きっと観客はどっちでもいいよと思うだろう。誰も「ああミランダ、そっちはだめ！」とは叫ばない。でも、たぶんインディ・ジョーンズだったら

パソコンの前に引きこもったりはしない。彼だったらたぶん、そんなのはただの現実逃避だという声を無視して電話を手に取り、〈ケア・ベア〉人形を一つ二〜四ドルで売っているマチルダに連絡する。

マチルダは、よもや自分がそんな重大な局面でわたしと会っているとは知らなかったし、わたしも言わなかった。わたしはいつものようにただ耳を傾け、彼女の生活のリアルを、夫と弟と息子と仔犬一匹と暮らす彼女の日常を、肌で感じようとした。マチルダはキュートなワンピースを着て、キュートな顔をした女のもつ自信にあふれていたけれど、キュートな顔ではなかった。夫は立派な顔だちの、ちょっとアクションスターふうの人で、ときおりリビングを通りかかっては、こちらに控えめに会釈をよこした。わたしとマチルダはソファの洗濯物の山の横に座り、クマの人形の話をした。

マチルダ　〈ケア・ベア〉は主人と二人のコレクションなの。わたしが交換会に行ったり、ガレージセールに行ったりして。でもわたしの大事なコレクションは、あそこにある〈プレシャス・モーメンツ〉。あれはわたしだけのもの。

ミランダ　あれは、どういうところがお好きなんですか?

マチルダ　そうね、目かしらね。

ミランダ　なんだかちょっと悲しそうな目ですよね。今にも泣きだしそうな。

出すぎたことを言ったかなと思ったが、マチルダはうなずいた。

マチルダ　デリケートな子たちなの。

ミランダ　こういうのって、そこそこの値段で売れるんですか？

マチルダ　ええ、けっこう。

ミランダ　どういう人たちが買うんでしょう。

マチルダ　そうねえ、アメリカ人とか、日本人とか……。だってほら、ヒスパニックの人たちって、あんまり——コレクションなんかにはお金を使わないから。

ミランダ　もともとのお国はどちらなんですか？

マチルダ　キューバ。わたしはキューバから来ました。

ミランダ　で、アメリカにはいつ？

マチルダ　一九七一年の十二月。十四歳のとき。

ミランダ　今までの人生でいちばん幸せだったときは、いつですか？

マチルダ　自分の国に住んでたときね。

ミランダ　キューバに？

マチルダ　ええ。

マチルダは家の中を案内してくれた。ガレージを改装して寝室にしてあった。〝改装〟という

Lunch
JUDGE
JAMES J. DI CESARE
ORANGE COUNTY SUPERIOR COURT

Pictures of
AFRO American
young girls and
Baby pictures!
and Lots of
Nice CARS inside
Domingo
convertidora digital

言い方は正確ではない。寝室の家具はそっくり運びこんであったが、電動式のシャッターもセメントの床もそのままだった。ここが主寝室、マチルダと夫が寝る部屋だった。
弟と息子の寝室はどちらもふつうの部屋だった。わたしはいっぽうの部屋をのぞきこんだ。シングルベッドの横の壁に、女性や赤ちゃんの写真が几帳面に並べて貼ってあった。

ミランダ　あら、すてきなコラージュ。
マチルダ　それは弟のほう。まだ結婚していなくて。ほんとにどうしようもないの。
ミランダ　じゃあ、これは単に——。
マチルダ　いろんな女優さんを集めてるの、女優さんとか、赤ちゃんとか。まだ結婚してなくて。夢でも見てるのかしら。

壁のコラージュは氷山の一角だった。床のいたるところに似たような写真を入れた茶封筒が積んであり、表に〈刑ム所と女の子と赤んぼうの写真とパトカーの写真〉とか〈保安官のパトカーの中の写真ときれいな女の子と赤んぼうの写真それから刑ム所の写真〉などと書いてある。
わが記号と表象の辞典によれば、〝異常な熱意で収集・分類された〈刑ム所〉や〈赤んぼう〉や〈きれいな女の子〉の写真〟は、何か重要なことがここで起きていることの暗示だった。誰かが、余人には計り知れない理由で、意味のわからないことをやっている。マチルダの弟・ドミンゴは留守だったが、マチルダは彼のことはあまり話したがらなかった。

家に帰り、茶封筒の写真を見ているうちに、好奇心をどうにも抑えきれなくなった。そこでもう一度電話をかけて、数週間後にドミンゴと会う約束を取りつけた。わたしたちが車で行くと、ドミンゴは歩道に立って待っていた。巨体で、おとなしそうで、緊張していた。壁のコラージュは前と変わっていたが、やはり〈きれいな女の子と赤んぼう〉のジャンルだった。彼という人について何も知らないうちからいきなり核心のことを訊くのは失礼な気がしたので、まず知っているところから始めることにした。

ミランダ　キューバからこっちに来たときのことは覚えてます？　それとも小さくて何も覚えていない？

ドミンゴ　あっちのことはなんも覚えてない。二階に住んでたってことだけ覚えてる。他はなんにも。

ミランダ　いくつだったのかしら？

ドミンゴ　六つのとき。姉さんが来て、おれもいっしょに来て、あと叔母さんもいっしょに来た。キューバ難民として。不法入国じゃないよ。あのころはキューバとこっちと自由に行ったり来たりできたんだ。キューバから逃げ出すとか、そんなんじゃなしに。みんなでこっちに来て、そんで何年かしたら移民ビザが取れて、それから市民権が取れた。そんな感じ。

ミランダ　一日のスケジュールは、だいたいどんなふうです？

ドミンゴ　朝は八時とか九時とかに起きる。服着て、いつも使ってるカバン持って、そんでカーメニータ通りとテレグラフ通りの角の〈タコ・ベル〉に行く。あすこはタダでコーラをくれるんだ。店のみんなと友だちだし、それにおれはえばったりしないから。おれは心のいい人間なんだ。人を助けるのが好きだし。それで店の人たちとも会って友だちになれた。だから店の会社に電話して言ってやったんだ、あすこの人たちは最高だって。あすこにひとり若い女の子がいて、すごくいい子なんだ。アフリカン・アメリカンなんだけど、言葉はスパニッシュでさ。行くといつでもかならず笑顔をくれるんだよ。だからその子にも店長にも、彼女はすばらしいよっておれ言ったよ。店の会社にもっと何度も電話かけて、あの子をえらくしろって言ってやんなきゃ。ほんとに誰にだってにっこりしてくれるし、あとほら、おはようございます、こんにちは、帰りにはありがとうございましたってちゃんと言ってくれる。テーブルをまわってみんなに「ご用はありませんか?」って聞くし。

ミランダ　そこにはどれくらいいるの?

ドミンゴ　だいたい一時間とか二時間とか。クーラーがあるから気持ちいいんだ。そっから図書館に行くか、それかファーマシーに行く。図書館ではコンピュータのところに行って、いろいろ情報を探す。写真とか。でも困るのは、ふつうのコンピュータだと写真が白黒なんだよ。たまにカラーで欲しいなって思うことがあるんだけど、それだとお金をちょっと払わなくちゃなんない。でも知り合いの司書の人が写真を出してくれるとき

DADA
SUPREME

は、彼女が自分のコンピュータを使ってカラーのやつをくれるんだ。だいたいそんな一日かな。あ、あとたまに裁判所に行って、裁判を見るよ。刑事事件の予審を――っていうのは裁判みたいなもんなんだけど、一つの事件を、いちばん最初の手続きから始めて、最後に判決が出るまで、ずっと見てる。

ミランダ　今までの人生で、どんなときが幸せでした？

ドミンゴ　人生でいちばん幸せだったのは、やっぱアメリカ人になれたときかな。すごくたくさん勉強しなくちゃなんなくて、でもおれ暗記があんまし得意じゃなくて――読解力っていうか、それがいまいちで。でもちゃんとぜんぶ読めたんだ、テストの問題も答えもぜんぶ、市民権をもらうためのテストのとき。テストされるんだ。移民帰化局の人と向かいあって座って、その人たちがいろんなことを聞いてきて、何も見ないでそれに答えなくちゃいけない。だから全部頭ん中に入れとかなきゃいけない。前に勉強しとかないとだめなんだ。すごいたくさん、すごい何ページも勉強したよ。ほんとにすごいたくさんいろんなことを覚えて、けっきょく聞かれなかったこともすごいたくさんあったけど、でもすごい勉強になった。

ミランダ　それはいくつのとき？

ドミンゴ　もうずっと昔、高校のとき。でもあのときは人生でものすごく幸せだった。何かをやって、それがうまくいったから。あれは本当にうれしかったな。うん、本当に。

ミランダ　で、壁のこの写真について、聞いてもいいですか？

ドミンゴ　これはおれの、その、空想っていうか、自分が警官とか保安官代理《デピュティ》とか、そんなのになったようなつもりになるんだ。
ミランダ　こういうのを集めだしたのは、いつから？
ドミンゴ　もう大昔。高校を出てすぐとか、そんくらいから。警官とかデピュティとかになりたかったんだけど、なれなくて。そしたらだんだん自分が裁判官になったとことか、警官になったとことか、デピュティになったとこを頭ん中で空想するようになった。いろいろ調べたよ、電話して、警官のシフトがどうなってるのか聞いたり。おれは心理学っていうか精神科のほうにも通ってて、セラピストの先生にそのことを話したら、他のことができなくなるほどじゃなければ空想してもかまわないって言われた。ただし他の人に自分が頭で思ってるような人間だって言うのはだめだって。ぜんぶ頭ん中だけのことだからね。そんで壁に写真を貼ったんだ、自分が裁判官で、奥さんと子供がいて、車も持ってて、みたいな写真。そうやって壁に貼っとかないと、頭の中で本当のことにできないから。なぜかっていうと、壁に貼っとかないと――
ミランダ　目で見ることができないから。
ドミンゴ　頭ん中ではっきりさせらんないから。でも、何ていうか、ええと……
ミランダ　写真なら目に見える。
ドミンゴ　目で見れれば、いつでもそこにあるから。図書館の司書の人が友だちで、こういう写真はその人にぜんぶ探してもらってる。彼女はおれがなんでそれを欲しがるのか知っ

INSIDE THE
"READY
The Criminal Law Handbook

PROUD TO BE AN

てるし、変な意味じゃないってわかってくれてるからね。つまり、その……裸の写真とか、そういうんじゃないって。

ミランダ　もっとファミリーなことですもんね。

ドミンゴ　そう、子供とか、そんなのだから。もう何年もずっと続けてる。そんでときどきちがう人になりたくなると、写真を取りかえるんだ。

ドミンゴはわたしたちを車まで見送ってくれた。わたしたちは何度もありがとうを言いあった。何がそんなにありがたかったのかはわからない――お互いに全然ちがう理由だったのかもしれないし、単にコミュニケーション・ハイになっていたのかもしれない。何かの埋め合わせのように、わたしはふだんより多めの金額を彼に払ってしまった。なぜならドミンゴは今まで会った誰よりも貧乏だったから。もっと不幸だったりもっと悲惨だったりする人は他にもいたけれど、いっしょにいて、彼ほどいやらしい優越感をかき立てる人はいなかった。わたしたちはわたしのプリウスに乗って帰った。もし自分と似たような人たちとだけ交流すれば、このいやらしさも消えて、また元どおりの気分になれるのだろう。でもそれも何かちがう気がした。結局わたしは、いやらしくたって仕方がないしそれでいいんだ、と思うことに決めた。だってわたしは本当にちょっといやらしいんだから。ただしそう感じるだけではぜんぜん足りないという気もした。他に気づくべきことは山のようにある。

わたしはいつだって、他の人々がどんなふうに人生をやり過ごしているのかという、そのこと

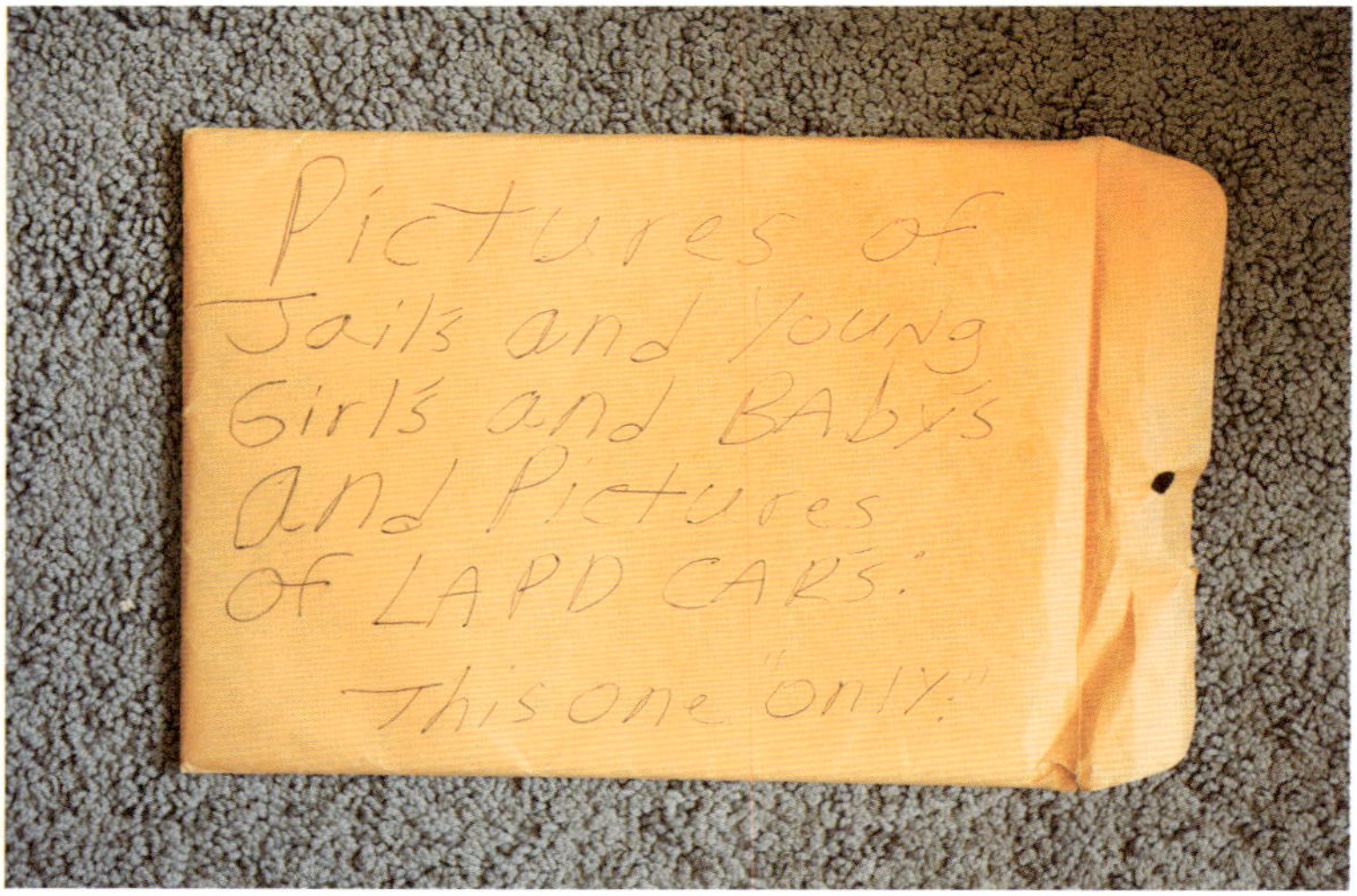
Pictures of
Jail's and Young
Girl's and BAby's
and Pictures
of LAPD CARS:
This one "only!"

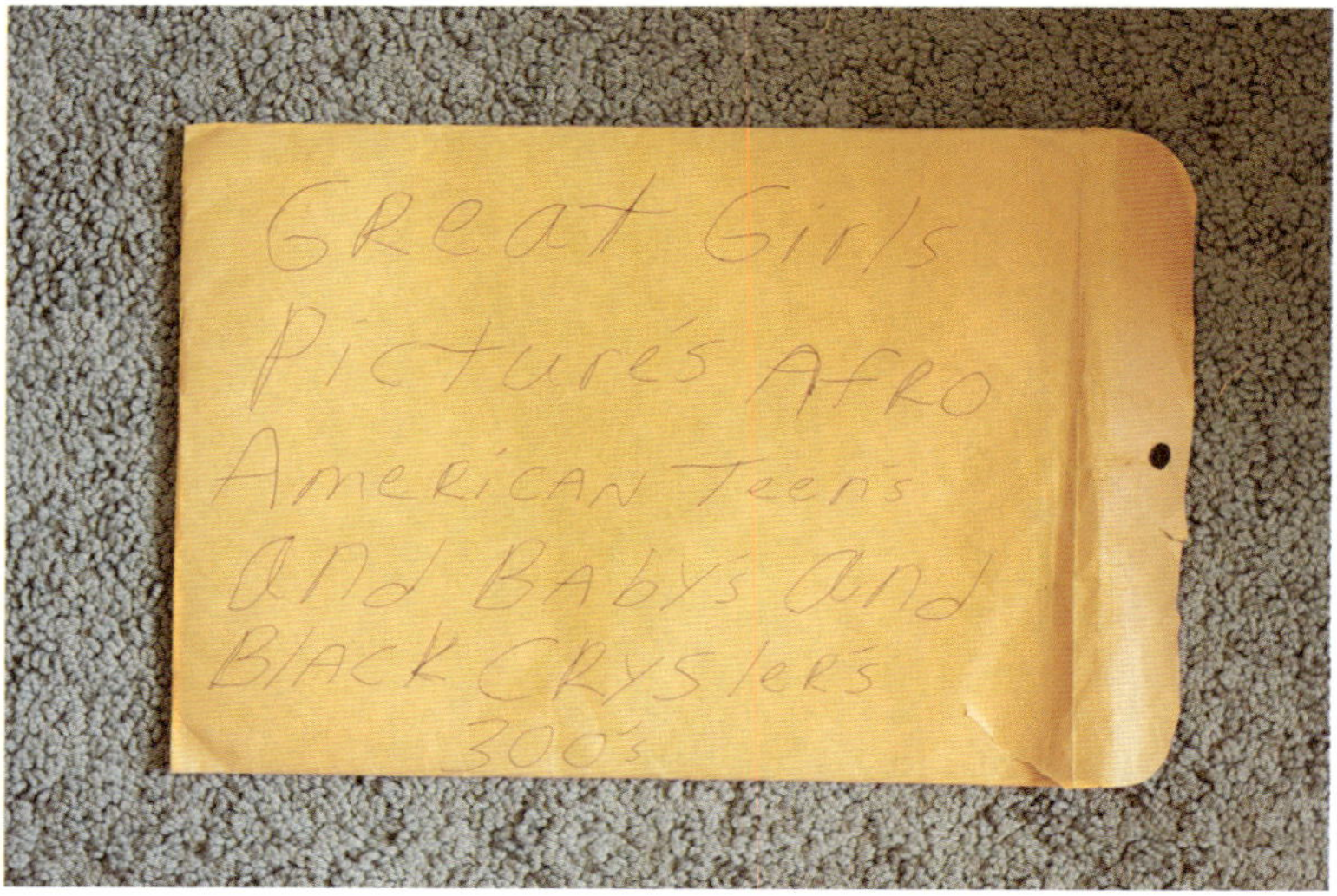
GReat Girls
Picture's AfRO
AmeRICAN Teen's
and BAby's and
BlACK CRYSleRS
300's

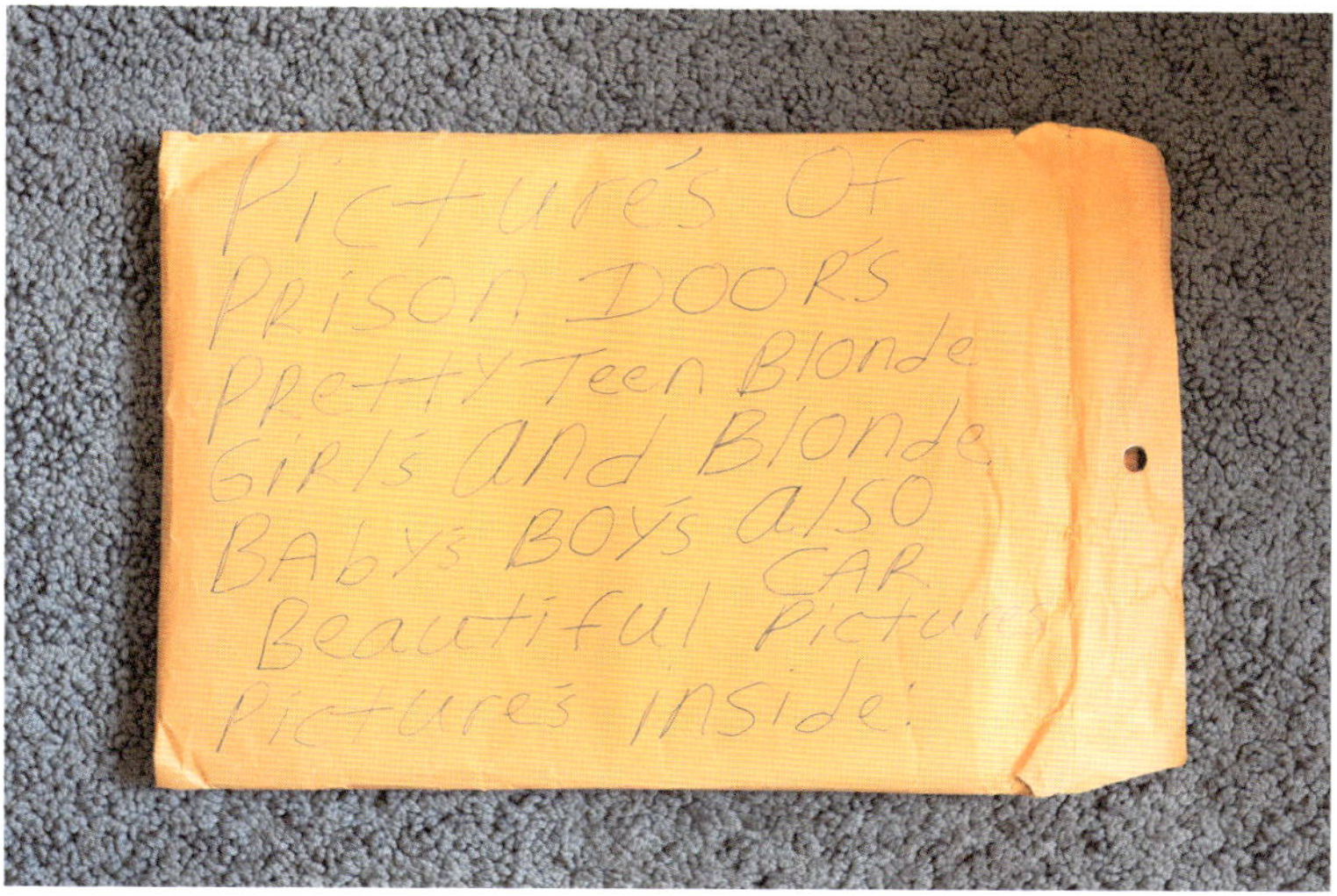
Picture's Of
PRISON DOORS
PRetty Teen Blonde
GIRl's and Blonde
BAby's BOY's also
CAR
Beautiful Pictur
Picture's inside!

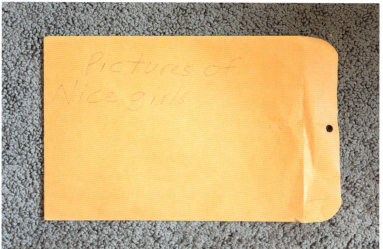

Pictures of
Nice girls

だけを知りたいと思ってきた——みんなが過ぎゆく時間のなかでどこに肉体を置き、その内側でどうしているのか。ドミンゴは偏執狂的で根なし草で、でも悪びれる様子もなく、彼の内面は——彼の夢は——壁に貼り出してあった。その夜、ブリジットから昼間撮った写真が送られてきた。わたしはそのすべてに目を通した。その場にいたことで逆に見落としたことがあるかもしれないから。ドミンゴのカレンダーを写した写真に、わたしの目は釘づけになった。〈今日はたん生日〉一つのマスの中にそう書いてあった。〈45才になった　もう年よりだ〉。奥さんも、子供も、仕事も、世間で謳《うた》われているような年月のトロフィーを何ひとつ持てなかった彼には、四十五という歳はまったく信じがたいことだろう。

わたしはブリジットが今までに撮った写真を最初からぜんぶクリックしていった。いったい何を探していたのだろう。たぶん、カレンダーだ。もっとカレンダーの写真が見たい。そしてたしかにそれはあった。どの人もみんなカレンダーを持っていて、どのカレンダーも目いっぱい仕事をしていた。なんだか偏執的で気持ちわるい、と一瞬思った。まるで狂信的なカレンダーマニアの集団を見てしまったみたいな……そう思いかけて、はっとした。ごくごく最近まで、わたしたちはみんなこういうのを持っていたじゃないか。みんなマス目の中に自分の人生をこまごまと手で書き入れ、それを壁にかけて人目にさらしていたのだ。ほんの一瞬だけ、まだパソコンというものがなかったころの時間の手触りが、よみがえったような気がした。

目には見えない、でもすぐ近くにあるはずのものを見ようとする行為に、わたしは昔から強く惹《ひ》かれてきた。それは闘う価値のある有意義な理念ではあるけれど、とても抽象的で、だからどうしてもその闘いじたい同じくらい見えにくいものになる。二十代の前半、パフォーマンスをやりながら同人誌《ジン》を作り、自分を映画監督だと思いこもうとしていたわたしが骨身にしみて感じたことがある。女性が撮った映画がこの世に皆無に等しいという事実だけが、この仕事を難しくしているんじゃない。問題は、その事実を女たち自身が、このわたしでさえ、当たり前だと思ってしまっていることだった。そこでわたしは、女性が撮った映画の不在を実感しようと試みた。ポートランドの街なかで、ティーンエイジャーの女の子や子育て中のお母さんやお年寄りの女性をつかまえて、「もし映画を一本撮れるとしたら、あなたはどんな映画を撮りますか？」とインタビューしたのだ。そして彼女たちの答えと顔写真を集めて、『失われた映画の報告書』と題した一枚のポスターに仕立てた。面白い答えはひとにぎり、あとはみんな凡庸だった。けれども、わたしは果たしてこれで不在を感じることができただろうか？　作られなかった映画を召還はしたが、それらは精霊みたいにわたしを変えてくれているだろうか？　報告書の結果からは、何も見えてこなかった。

同じくらいうっとうしいのを承知で、わたしは『ペニーセイバー』の売り手たちに「あなたはパソコンを使いますか？」としつこく質問しつづけた。ほとんどの場合答えはノーで、他のことについては山ほど言うことのある売り手たちも、これについては、この不在については、語る言葉を持たなかった。もしかしたらわたしは、自分がいまいる場所ではパソコンは何の意味ももたないのだということを再確認したくて、そしてそのことのすばらしさを自分の中で補強したくて、その問いを発しているのかもしれなかった。もしかしたらわたしは、自分の感覚や想像力のおよ

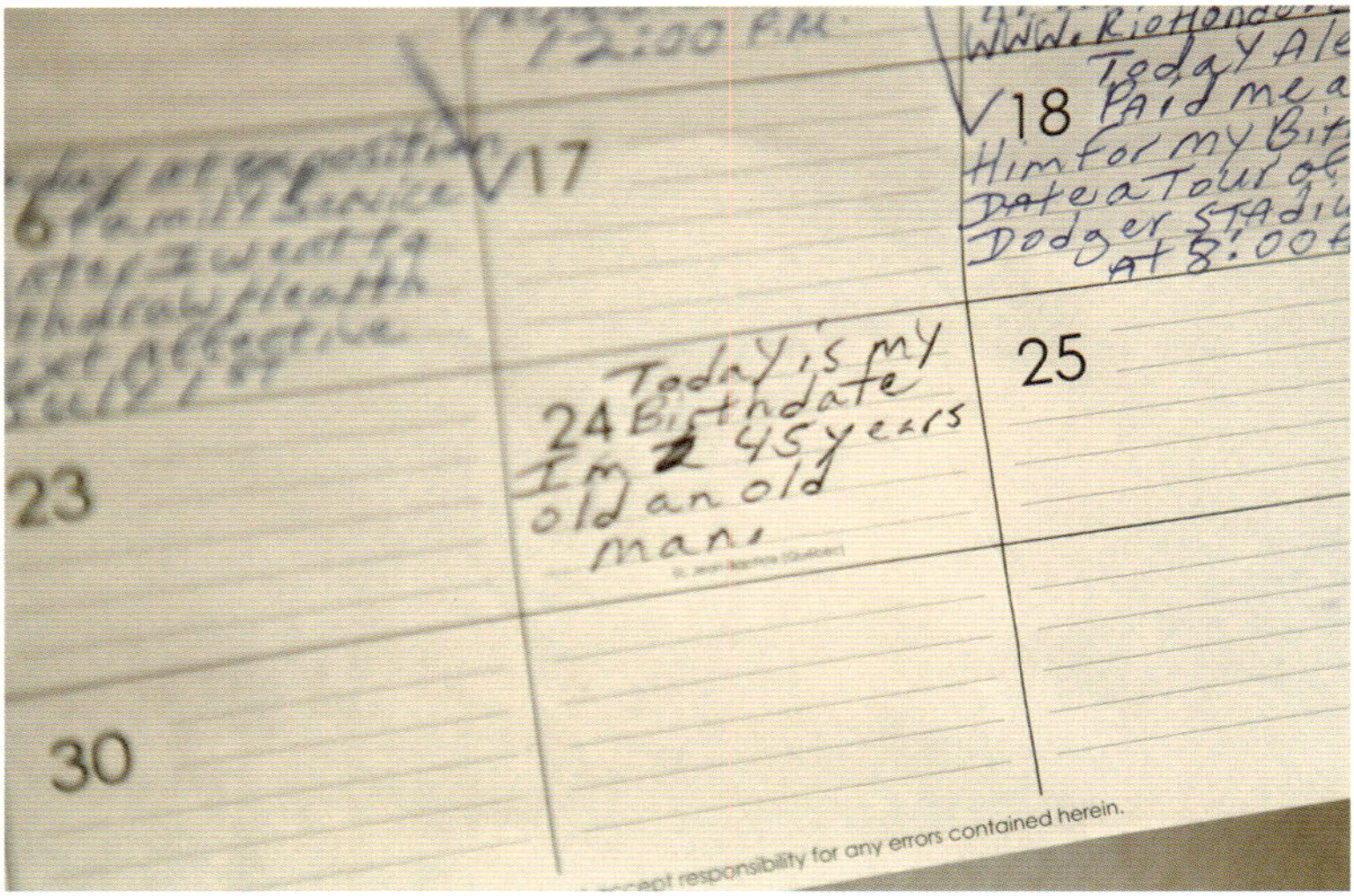

17
18
Today Ale
Paid me a
Him for my Bi
Date a Tour of
Dodger STADI
at 8:00
23
24
Today is my Birthdate
I'm 45 years old an old man.
25
30
accept responsibility for any errors contained herein.

ぶ範囲が、世界の中のもう一つの世界、つまりインターネットによって知らず知らず狭められていくのを恐れていたのかもしれない。ネットの外にある物事は自分から遠くなり、かわりにネットの中のものすべてが痛いくらいに存在感を放っていた。顔も名前も知らない人たちのブログは毎日読まずにいられないのに、すぐ近くにいる、でもネット上にいない人たちは、立体感を失って、ペラペラのマンガみたいな存在になりかけていた。

言葉にしてそう考えたわけではない。ただ事実としてそれは起こっていた。時間のように、地形のように。ネットの世界はゆるぎなく無限大に見えたから、そこに存在しないものがあるなんて考えもしなかった。写真や動画やニュースや音楽をむさぼるわたしの欲求は底無しで、でももしも目には見えない何かが消滅しかかっていたら、どうやってそれに気づけるというのだろう？ネット以前のわたしの生活が今と極端にちがっていたというのではない。でもあのころ世界は一つしかなくて、すべてのものがそこにあった。ドミンゴのブログは今まで読んだどのブログよりも素晴らしかったけれど、それにアクセスするためには彼の家まで車で行って、生身の彼から直接それを聞くしかなかった。しかも検索で彼にたどり着くことはほぼ不可能だ。彼を見つけることができたのは、ただの偶然だった。

学術的に見れば、わたしの一連のインタビューは何の力もなく、『失われた映画の報告書』と五十歩百歩のおぼつかないものだ。でもそう遠くない将来、パソコンを持たない人はこのロサンジェルスに一人もいなくなって、そうなればこんな活動ももう不可能になる。人間の生の営みの大半はネットの外にあって、それはたぶんこれからも変わらない。食べる、痛む、眠る、愛する、みんな体の中で起こることだ。でもそれらの欲求を失ってしまった自分を想像することさえ、さほど無茶ではなくなってきている。それらは時に困難をともなうし、手間もかかる。もしかしたら二十年後のわたしは空気や水や熱にインタビューしているかもしれない。それが大事なものなのだということを記憶にとどめておくために。

Dina

ダイナ

コンエア社のドライヤー

5ドル

サン・バレー

サン・バレーには前にも来たことがあった。同じ年に彫刻のシリーズを造ったとき、協力してくれた製作者の工房がサン・バレーにあったのだ。だからこのあたりは週に二度は車で通っていたはずなのに、わたしはいつも自分のことで頭がいっぱいだったし、いつも急いでいた――わたしの車は、いったん走り出すとなかなか停まらないのだ。今回あらためて来てみて、ここサン・バレーでは他にもいろいろなものが造られていることに気がついた――映画用の巨大な大道具や、大きな鉄の梁《はり》など。ここはまた、車とか家電のような大きなものが解体され、リサイクルされる場所でもあった。ダイナの家に歩いて向かう途中、とつぜんわたしはそれら大きいもののなかでも最大級に大きいものの存在に気がついた。バーダゴ山脈だ。サン・バレーはバーダゴ山脈の影の中で生きていた。今まで何度も車でここを通っていて、なんで気がつかなかったのかふしぎだったが、もしかしたら今の自分は前よりもマシな人間になったのかもしれないとも思った――自分の内面の風景以外にも目を向けることのできる人間に。もしかしたら映画の脚本は永遠に仕上がらないかもしれないけれど、べつにそれで世界が変わるわけじゃない。この調子でいけば、わたしがなにか世のため人のためのお仕事につく日もそう遠くなさそうだ――在宅の、既婚の尼僧

とか。

フェンスに囲まれた敷地の中にがたごとと乗り入れると、そこには移動可能な感じの住宅がずらりと列をなして、車の通らないストリートを形作っていた。その場所全体に、なにか被災者用の仮設住宅めいた、画一的な雰囲気が漂っていた。暗い感じがしなかったのは、すべてが真新しかったからにすぎない。きっと新品のタッパーウェアのように、あっと言う間に古びてしまうのだろう。ダイナと娘のレネットは入居したばかりだったが、ここに住めたことをとても喜んでいた。いろいろなことと縁を切って、新しい生活を始められるいいきっかけになったからだ。

ミランダ　じゃあ、万事OK？

ダイナ　そうそう、万事OK。

ミランダ　で、そのドライヤーはどれくらい前のものなんです？

ダイナ　ああ、ドライヤーはね、ほんとすごく前のよ、すっごく前。中学とか高校とか、それくらいだから、もう大昔。でもいろいろちょっと問題があって。

ミランダ　いま、ここにありますか？

ダイナ　うん、もちろん。

ミランダ　見せてもらえる？

ダイナ　いま持ってきてほしい？　オッケー。すごく古いにしちゃ、そう悪くないのよ。

ダイナは出ていき、ものすごく古いドライヤーを持って戻ってきた。

ミランダ なるほど。たしかに最新型ってわけじゃないかも。

ダイナ うん、そうね。でもほら見て、ちゃんと〈コールド〉のボタンがあんの。冷やすボタンが。

ミランダ じゃあ、中学か高校のときにこれを買って――買ったときのことって、覚えている?

ダイナ 使ってたことは覚えてるんだけど。たぶん母親が買ったんじゃないかな。うん、使ってたのは覚えてる。あのころはみんなヘアスプレー使ってて。

ミランダ そのころの写真って、あります?

ダイナ ないわ。

この摩訶不思議な女性はいったいどうやってできあがったのだろうか。恰幅のいい、そばかすの浮いた体は、あちこちタトゥーやピアスだらけで、眉は本来のラインとはほとんど無関係に筆で描かれていて、しかもワイン色だった。ショッキングピンクの携帯電話のイヤホンをアクセサリーのように片耳に飾り、Tシャツの胸ではポパイがにらみをきかせていた。自分より年上なのか年下なのかもわからなかった。それとももしかして、数字で表せない新種の年齢の持ち主なんだろうか。

ダイナ　あ、ちょい待って。スクラップブックがあるんだった。それなら見せられるけど。

ミランダ　すてき。ぜひ見たいわ。

ダイナはクローゼットを開け、中でしばらくどたんばたん音をさせながら、あんたいったいどこ行っちまったのよとスクラップブックに向かって呼びかけていた。そのうちやっとスクラップブックが姿をあらわし、彼女はやれやれというように首を振りながらそれを持って戻ってきた。

ダイナ　すんごいボロボロだけど。

ミランダ　すごくリアルって感じね。

ダイナ　そう、これ本物だから。ほら見てこれ！　あとこれとか！　すごくアートでしょ。これぜんぶ雑誌から取ってきたの。

ティーンエイジャーのダイナは、雑誌の黒人女性の写真をスクラップブックに貼りつけていた。それはみんな彼女の空想上のお姉さんなのだった。わたしが会う人会う人、なぜだかみんな紙の上のエア家族を持っているようだった。ダイナはモデルの顔のしわを手で伸ばしながら、自分の丸まっちい文字を判読した。

ダイナ　「お星さま、どうかどうかどうかどうかお願い、あたしにお姉さんをください」。これもちょ

っといいでしょ？　でもあたしの記憶が正しければ、たしか次のページがいちばん最高のお姉さんたちだったと思う。名前つけてたくらい。

ミランダ　ほんと。この人がシャロンで、こっちがリンダね。「すてきな、本とうなお姉さんがほしい。ほんとにずっといつまでもあたしのお姉さんで、お姉さんもあたしを大好きなの」。

ダイナ　ディープよねえ。

ダイナが自分の親きょうだいの話をするのを聞きながら、わたしはリビングを観察した。ふだんだったら、リビングから何かしら質問のヒントを得られるのだけれど、この部屋には生活の積み重ねというものがいっさい感じられなかった。家具もこの家と同様、学生寮向けに作られたような、間に合わせっぽいものばかりだった。

ミランダ　あの空気で膨らませるソファァって、どう？

ダイナ　もう最っ高。まだお試ししてないんだけれど、何キロまでだったか……これさ、クイーンサイズなの。しかも5ウェイ。

ミランダ　ベッドにもなる？

ダイナ　そう。5ウェイ。

ミランダ　ソファと、ベッドと……あと三つ何だろう。

ダイナ　忘れちゃった。
ミランダ　もしかしたら水に浮いてボートにもなるのかも——これで三つ。
ダイナ　そういやほんとにボートみたい。これのいいのはさ、三百キロまで乗っても平気なの。ほんとにものすごく丈夫で、そこがいい点。あたしはほら、人とちがうものが好きだから。そういうの、わかる？　だからこれはお気に入り。

やっとわかった。この家でもっとも込み入っていて奥深いのは、ダイナ本人なのだ。体つきこそ迫力で近寄りがたいけれど、タトゥーやピアスは明らかに何かを語りたがっていた。

ミランダ　あなたの素敵なお顔について聞かせてほしいんだけど——つまり、ピアスや何かのこと。そういうのはいつごろから始めたの？
ダイナ　とにかく体をデコるのが好きなのよね。ほんとはあんまり良くないんだろうけど——そりゃね、やるほうだってわかってんの。でもとにかくデコるのが好きで。アートが好きだから。だからべつにいいの。
ミランダ　その舌ピアスで、何か特別なことができるとか？
ダイナ　うん、できるけど。その話、どうしてもさせたい？
ミランダ　聞きたいな。
ダイナ　これ、ちょっと言っていいのかどうかわかんないんだけど。

ALL OF US AT
MY COUSIN'S HOUSE!
LIGHT CONTROL

ミランダ　だいじょうぶ、わたしはぜんぜん平気。

ダイナ　その、大人になるにつれて、だんだんいろんなこと試してみたくなったわけ。それで——ああなんか照れるな。でも言っちゃう。要はさ、オーラルセックスよ。それのすごくいいスパイスになるわけ。これやってもらうずっと前に店に電話して聞いたら、バイブレーターつきのがあるって言うじゃない。

ミランダ　うそ！

ダイナ　ほんと！　だから言ったわけ、「ちょっと待って！　それ、あたしに言わせりゃ最高すぎるんですけど！」

ミランダ　で、それはもうお試ししてみた？

ダイナ　今はまだ無理。

ミランダ　というのは、まだ傷がふさがってないから？

ダイナ　そう、傷がふさがってないから。そのうちやるつもり。

ミランダ　じゃあ、誰かパートナーがいる？

ダイナ　うーん、ってわけじゃないけど、子供たちの父親がね。ちょいちょい問題ある人なんだけど、まあそうね。候補ではあるかな。

ミランダ　すると、このタトゥーは？

ダイナ　そう、これがその父親の男。あたし前もってちゃんと調べなかったもんだから、あの人の名前をレーザーで消すのにどんだけお金がかかるか知らなくてさ。で、どうしたと思う？　名前の下に〝ＲＩＰ〟ってつけ足したの。〝安らかに眠れ《レスト・イン・ピース》〟。かれ、あたしが名前取ったってずーっと聞かされてて、でまた会ったときにこれ見せたの。びっくり仰天してた。あたし「〝ＲＩＨ〟にされなかっただけありがたいと思いなよ」って言ってやった。〝地獄で眠れ《レスト・イン・ヘル》〟ね——意味、わかる？

ミランダ　ああ、たしかに——入れたのは〝安らかに眠れ《レスト・イン・ピース》〟ですもんね。

ダイナ　要は、もうダメよって言いたかったんだよね。だって終わったことは終わったことだもん。誰かとよりを戻そうとしたって、けっきょくもう終わってんのよ。今は〝女王を敬え《リスペクト・ザ・クイーン》〟っていうのを、腰のスカートラインぎりぎりに入れたくて。次はそれ狙ってんの。

わたしはダイナに家の中を案内してもらった。ひどく短いツアーだった。わたしたちはダイナの娘のレネットの部屋をのぞいた。レネットはテレビを見ながらメールをしている最中だったが、母親におだてたりすかしたりされたあげく、リビングまで出てきてマイリー・サイラスの歌を一曲歌ってくれた。「ザ・クライム」という歌だった。レネットは口を大きく開き、腕を泳がせ、両手で宙をつかみながら歌った。

あとちょっとで見えそうなの
いつも胸に描くあの夢　でも

頭の中で声がする
お前には手が届かないと
一歩踏み出すごとに
一つ動くたびに　まるで
迷子になった気分になるの
信じる気持ちが揺れる　でも
歩きつづけなきゃ
頭を高く上げて

いつだってまた次の山が立ちはだかる
いつだってそれを動かしたいと願う
道のりはいつだって苦しい闘いで
時には負けてしまうこともある
でも　どんなに早く着くかより
山の向こうに何があるかより
大切なのは　登ること

歩きつづけよう

PLEASE
REUSE
TARGET CORPORATION

登りつづけよう
信じる心をなくさないで
大切なのは
登りつづけること
信じる心をなくさないで
自分を信じる心を

まるでマイリー・サイラスがレネットを通じて直接わたしに語りかけているようだった。そしてマイリーのメッセージは明確だった――信念を持ちつづけなさい、そう彼女はわたしに言っていた。ダイナのポパイのTシャツには〈オイラはオイラ《アイ・ヤム・ホワット・アイ・ヤム》〉と書いてあり、それを見てわたしも「わたしはわたしだ」と思った。わたしは脚本家で、登場人物のソフィーとジェイソンはわたしとともにそこにいた。いいや、二人ともわたしそのものだった。ジェイソンが『ペニーセイバー』を読んでいる可能性はあるだろうか？　きっと読んでいるはずだ、なぜなら映画の舞台はLAで、LAの住人なら誰だって、現実世界であれお話であれ、『ペニーセイバー』を郵便受けに放りこまれているに決まっているからだ。あまりに当たり前すぎて、最初からそこにあったのに気がつかなかった――まさに『インディ・ジョーンズ』の目に見えない橋だった。ジェイソンは木を売り歩くんじゃない、「売ります」欄の広告を見て何かを買うのだ。いまのわたしみたいに見ず知らずの他人と出会い、そのことが彼を変え、人間界に向かわせていく。彼もいまわたしが立っているようなリビングに立ち、レネットのような誰かが歌う歌を聴くだろう。予算の関係上マイリー・サイラスの曲は使えないかもしれないけれど、でもまだわからない。今は細かいことはどうだっていい。ダイナを演じるのにふさわしい役者は誰だろうかとわたしは考えてみた。あるいはこのまえ会ったロン。あるいはそう……ドミンゴ。だがそう考えると、強い拒絶がわき起こった。そうじゃない。この人たちの役は、本人がやるのでなければだめなんだ。わたしたちはダイナにお礼を言い、わたしも彼女にさよならを言ったけれど、本当はこれでお別れではなかった。彼女にウィンクするか何かして、あなたもうじきメジャーな映画の出演者になるのよ、とほのめかしたい衝動にかられたが、思いとどまった。

まるで映画の『ポロック』の一シーンのようだった。エド・ハリス演じるジャクソン・ポロックが初めてスプラッタ・ペインティングをやったのを見て、奥さん役のマーシャ・ゲイ・ハーデンがおごそかにこう言うのだ――「ついに突破口を開いたわね、ポロック」。彼女が正しかったことは、現在ポロックのスプラッタ・ペインティングが何千億万ドルもするのを見れば明らかだ。サン・バレーから車で帰るわたしにはマーシャ・ゲイ・ハーデンはいなかったから、わたしは自分で自分に「ついに突破口を開いたわね、ジュライ」とおごそかに言い、それから今度は映画でエド・ハリスがやったみたいに、精も根も尽きはてて、自分がすごいものをつかんだことにもまだ気づいていないような表情を浮かべ、さらには今日この日に生まれて、三十五年後にわたしをモデルにした伝記映画を観ているかもしれない一人の女性の気持ちにもなってみた。彼女にとっては、ジェイソンが『ペニーセイバー』を通じて物を買うというアイデアの素晴らしさは、すでに歴史によって証明された既成事実だ。今から三十五年後、三十五歳の彼女は、映画を観ながら小さく身震いする。映画史に残る歴史的瞬間の再現に、思わず目頭が熱くなる。彼女がわたしの作品を好きである必要はない。わたしだってべつにポロックの大ファンというわけじゃない。重要なのはマーシャのセリフの重みだ。わたしはもう一度そっとつぶやいた——「ついに突破口を開いたわね、ポロック」。

前にもこんな、世界が百八十度変わるようなすごいひらめきを経験したことがあった。二十五年前、九歳のときのことだ。啓示はある晩、眠りに沈む直前に降りてきた——シリアルの外箱を使って、街をまるごと一つ作ろう。何か月もかけて箱を山ほど集め、色を塗って、お店や通りや家やハイウェイを作り、自分の住んでいるこのバークレイの街並みを細部まで正確に再現するのだ（ただし、細部についてはまだ決定ではなかった——地理は正直あまり得意ではなかったから、もっとアメリカの典型的な街並み、みたいな感じにしたほうがいいかもしれない）。街は地下室をまるまる占領するぐらいの大きさで、わたしは特別に選ばれた人たちだけを地下室に案内し、そして電気を点けると——バーン！　みんなあまりの素晴らしさに圧倒されて声も出ない。そうやって一時間ほど夢中でその思いつきをふくらませていたとき、とつぜんもう一つの考えが降ってきた。やっぱりやめよう。シリアルの外箱で地下室いっぱいに街を作るなんて、そんなの馬鹿げてる。二番めの考えが訪れた瞬間、こっちのほうが正しい、と思った。けれども同時に、自分はこの考え一つで動きを止められたのだ、とも感じた。まるで魔女の呪文みたいに……いやそう

I YAM
WHAT
I YAM

じゃない。むしろそれは魔女を狩るのに似ていた。狭量で恐ろしい、魔女狩りを先導する〝村の役人ども〟に。

いらい今までずっとわたしは、彼らの魔の手から逃れようとありとあらゆる努力をしてきた。でも三十年近くも見えない影におびえて暮らしつづけて、わたしは悟った。〝村の役人ども〟はいつでもそこに、自分の内と外にいる。そして彼らはわたしが変わろうとすることをいちばん嫌う。わたしが何か新しいことを感じ取るたびに〝村の役人ども〟が踏み込んできて、わたしを火あぶりにしてしまえと、小声でそそのかす。

だからわたしは二番めの考えがやって来る前に、急いでダイナに電話をかけた。ダイナはオーディションの申し出を事もなげに受け入れた。まるでドライヤーを売りに出した結果こうなるのはよくあることだと言わんばかりに。翌日、わたしはアルフレッドといっしょにビデオカメラを携え、仮設住宅的な野営地をふたたび訪れた。そして、まずは前の日のわたしたちのやりとりを一から再現するところから始めたいとダイナに言った。わたしがドアをノックする、彼女がわたしたちを中に入れる、そしてドライヤーについての説明をする。どう、いい？　うん、了解。オッケー、じゃ、やってみましょう。

だがダイナがドアを開けた瞬間、予想外のことが起こった。きっと予想外にすばらしい出来になるのではないかというわたしの予想は、悪いほうに裏切られた。彼女の言葉づかいから、いっさいの省略形やくだけた言い回しが消えた。isn't は is not に、yeah は yes に。腕の動かし方まで、美術館のガイドやスチュワーデスがあちらこちらと指し示すような型にはまった動きに変わっていた。わたしたちがカメラを回したとたん、生きていたすべてのものが魔法のように死んでしまった。わたしは何とかしてやり直そう、硬さを取り除こうとあがいたが、だんだんひどく道にはずれたことをしているような、横暴な人間になったような気がしてきた。わたしは計画を断念し、レネットにもう一度歌をうたってほしいと頼んだ。レネットは自作の「ラ・ラ」というラップソングを歌った。とても、とても耳に残る曲で、その後何日も頭にこびりついて離れなかった。だがダイナとレネットが映画に出る可能性は、もうゼロだった。『ペニーセイバー』の人々を映画に出すなんて、恐ろしくまずいアイデアだった。こんなにまずいアイデアを思いついた人間は、火あぶりにしてしまったほうがいい。

Joe

ジョー

クリスマスカードの表紙部分のみ50枚

1ドル

ロサンジェルス

そんなわけだから、ジョーの家に行くときには、もうインタビューはこれで最後にしようと心に決めていた。『ペニーセイバー』の一連のミッションは現実逃避としては意味があったけれど、有効利用しようとしてみごとに失敗した今は、もうそんなふうには思えなくなっていた。いろんな意味でタイムリミットが迫っているのに、なにをこんな馬鹿げた、浮わついたことをやっているんだろう。有頂天から一気に現実に引き戻された気分で、クリスマスカードの表紙部分を売りに出しているこの人をがっかりさせないためだけに、出かけていった。

ジョーの家はバーバンクの空港のそばにあった。ドアベルを鳴らす頭の上を、飛行機が轟音をたてて飛んでいった。

ジョー　それは何かな、機関銃?

ミランダ　これはカメラです。あの、忘れないうちに、これ今日のインタビューのお礼です。

ジョー　ああ、これはどうも、助かるよ。私ら生活保護の九百ドルで毎月やってるもんで、金のほうが苦しくてね、歳とると薬だ病院だと金がかかるし。私なんか生まれてから五

十年間、ただの一度も医者にかからなかったが、そこから先はもうぼろぼろだよ。先月でもう八十一だしね。

ミランダ　こちらには、いつからお住まいなんですか?

ジョー　こんだの八月で三十九年になるかな、こっちに来てから。越してきたのが一九七〇年。

ミランダ　その前にはどちらに?

ジョー　シカゴに。

家の中はきれいに片づいて、古びていた。どの家具も寿命ぎりぎりまでていねいに使いこまれていた。壁には今までにこの家で飼われてきたペットの犬猫たちの写真がたくさん貼られていたが、本物のペットの姿はどこにも見あたらなかった。視界の端に、手作りとおぼしきカードがびっしり並んだ戸棚が見えた。

ミランダ　お仕事は何をされていたんでしょう。

ジョー　昔はペインターを、というのは絵描きじゃなくてペンキ塗りの仕事をしていたんだが、こっちに来てからは土建屋になって、ずいぶん繁盛したよ。

ミランダ　ペンキ塗りというと、じゃあ家とか?

ジョー　そう、家とか。

ミランダ　あそこのカードは何でしょう。あなたがご自分で作った?

ジョー　うん。これは女房に作って贈ったやつ。まず紙でこういうのを作って、それから雑誌や新聞から写真を切り抜いてくる。それに自分で詩をつけたり、こっちのは五行詩《リメリック》。だがあんたが読むにはちょっとどうかな。かなりエロだからね。

ミランダ　そうなんですか？　一つ読んでいただけません？

ジョー　そうかね。そんならどれかいいのを一つやろうか。

街からやってきた　別嬪《べっぴん》さん
おっぱいがでかすぎて　見るも悲惨
けれども彼氏は　大喜び
ボインをめがけて　ひとっ跳び
片パイ頬ばって　ごちそうさん

ミランダ　きれいに韻を踏んでますね。

ジョー　一行めと二行めと五行めで韻を踏んで、三行めと四行めも韻を踏まなきゃならない。たとえば「セックス」なんて言葉。それだと韻を踏める言葉は二つくらいしかないから、図書館に行って調べたりするよ。

ミランダ　奥さまはなんて？　気に入ってくれてます？

ジョー　うん、気に入ってるよ。何年前だったか、自分でもこういうのを作りたいって言いだ

kind of stormy
with a hail storm really kind of strong
was very strong
and was at least six inches deep
places, it was all piled up in a heap
started to end,our PATCHES got sick really fast
short time,she really did not last
fabulous togetherness,left a mark in our life
the trouble in our last years,it will help with memories strife
This year,our cats really got old kind of fast
And with the cute things they did,we thought it would always last
But with our PATCHES,her last years could deceive
And the good thoughts about her,could make you just grieve
The one thing you know,with her,we both had a blast

して、それで女房がちょっとしたやつを作って私にくれたのもこの中に入ってる。カードは年に九回あげている。母の日と、結婚記念日、それに七月四日の独立記念日、一九四八年のこの日に初めて出会ったから。だからほれ、これがいちばん最近作ったカード。それからクリスマス、新年、イースター、バレンタイン。ついこないだが六十二回めの結婚記念日だった。結婚して今年で六十二年。

ミランダ わたしなんか結婚してまだ二か月だわ……それくらいたくさん七月四日をいっしょに過ごせるといいんですけど。

わたしは頭のなかで計算してみた。六十二年後にはわたしは九十七歳、夫は百五歳だ。五行詩《リメリック》で韻を踏むのは、もう無理かもしれない。わたしはペット写真の大きなコラージュのほうに気持ちを移した。

ジョー この動物たちはもうみんな死んでしまった、もうずいぶん前のやつだけどね。最後の犬が死んだのが一九八二年。九匹いたんだが、五十一日のあいだにみんな死んでしまった。そんなことってあるのかね？　クリスマスから二月の一日のあいだに。

ミランダ 九匹いちどに飼っていた？

ジョー そう。こっちに移ってきたときは十二匹いたんだが、いつも家の中にいることが多かったもんで、最初の六、七年は一匹しかいないと思われていた。今は猫が二匹いるんだけれど、うち一匹はあした母《かあ》さんが連れていって、たぶん安楽死させるんじゃないかな。たぶんもう十九歳かそこらで、このところ急に弱ってね。日に八回食べさせて、それでも骨と皮だ。医者に言わせると、年寄りの猫はそういうことがあるらしい。食べてはいるんだから。でももうだいぶ悪い。

ミランダ　その子のお名前は？

ジョー　スノーボール。たしかこれのどこかに写真があるはずだがな。ほら、あそこのあの写真――白いやつ。もう一匹はいま女房と寝室のほうにいる。そっちの名前はシルキー。

ミランダ　あの天井からぶら下がっている容《い》れ物の中には何が？

ジョー　ああ、あそこはうちの生き物たちが好きだった玩具《おもちゃ》が入ってる。ほらちゃんと書いてある――〈１９７０年８月にカリフォルニアに連れてきた８匹の犬の名前をこのバケツにしるす。17年間うちの外猫だったロージー。ジャニー。ジンジャー。ボニー。ハギー・バムバム。ビッグ・ファット・テディベア。ランディ・ダンディ・ドゥー・ズー。プリンセス・トゥーツィー・ベル。ミサプッシー。クライディ・ブープス。ブラッキー・ビッグ・ボーイ。コーキー……〉まあ、そんなとこかね。

バケツに書かれた名前を読み上げるジョーの目がうるんでいるように見えた。急におとずれた沈黙のなかで、彼は他に言うべきことを探すように部屋の中を見まわした。わたしはメモ用紙の束を指さした。

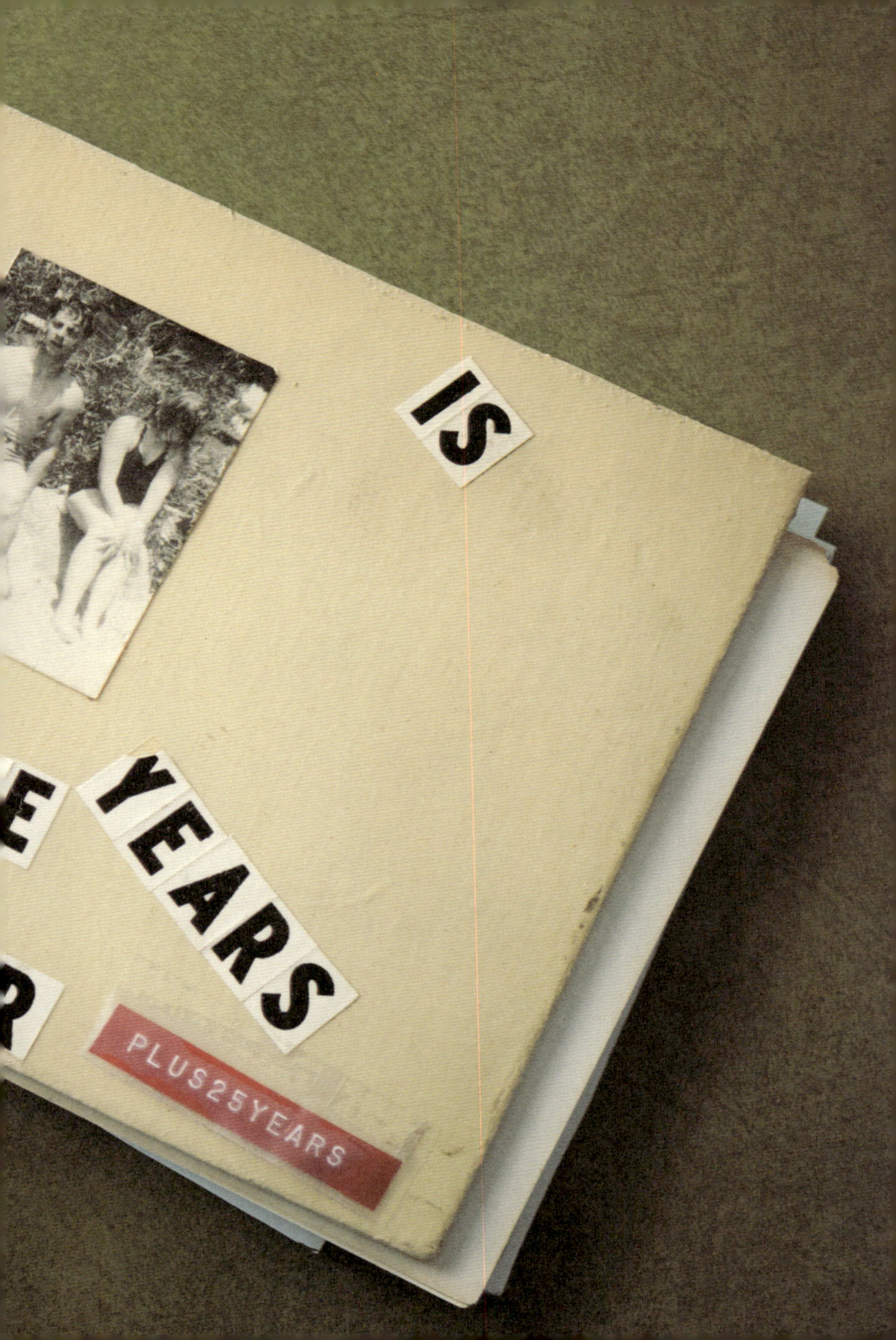
IS
YEARS
PLUS25YEARS

LOVE
THIRTY

ミランダ　これは、買い物リスト？

ジョー　うん、それは買い物を代わりにやってあげてるの。後家さんが七人と、男やもめも一人——みんな家から出られない人たちでね。店に行くときには必ず同じ上着を着ていくんだ。もとは知り合いの警官のだったんだが、撃たれて死んでしまって、そしたらそいつの兄さんが上着をくれたんだよ。「これから店に買い物に行くときは必ずこれを着てやってくれ」と言って。週に四回は店に行くから、年にすると最低でも二百回、それ掛けることの三十五年か三十六年。だから、そうだね、三、四千回は店に着てってるんじゃないかな。女房が繕《つくろ》ってくれるんだが、そろそろ追っつかなくなってきた。

ジョーは庭も見せたいと言った。庭にはどこかの家のごみ箱から拾ってきた一本の木の子孫だという痩せたヤシの木が十本ほど植わっていた。草をかきわけて奥まで行くと、突き当たりの塀に名前がいくつも刻んであった。

ジョー　犬猫たちはだいたいみんなここに埋めてある。ほんの何十センチか掘って埋めるなんてことはしないんだ。穴は二メートルぐらいの深さのを掘る、それなら誰にも掘り返されないだろうからね。それになるべく塀の近くに埋めてやる。もしあとで誰かがここに来てプールを造っても、そこならさわらないだろうから。

ミランダ　二メートルって、そうとう深いですね。
ジョー　うん。だから穴のそばに出るとき用のハシゴを置いておく。でないと穴から出られないから。
ミランダ　塀には何て書いてあるんです？
ジョー　あれは犬猫たちの名前をノミと金づちで彫ってある。みんなの名前がある――ジリーに、コーキーに、ミトンズに、パギーに。
ミランダ　で、あの穴は、もしかして例の猫ちゃんの――
ジョー　あれはスノーボール用。たぶん安楽死させなきゃならないだろうから。
ミランダ　なるほど。じゃあ前もって。

ジョーの存在感は強烈だった。だがそれはロンとは全然ちがう強烈さだった。ジョーはまるで強迫観念に取りつかれた天使のように、がむしゃらに善をなそうとしていた。彼とは今日会ったばかりなのに、何の義理もいっしょの思い出もないはずなのに、もうそんなことは忘れかけていた。

ジョー　あんた、クリスマスにもう一度ここに来るといい。十一月の十五日ごろにクリスマスの飾りつけをして、一月の十五日までそのままにしてあるから。ぜひいらっしゃい。あなた、お名前はなんといったっけ――メアリさん？

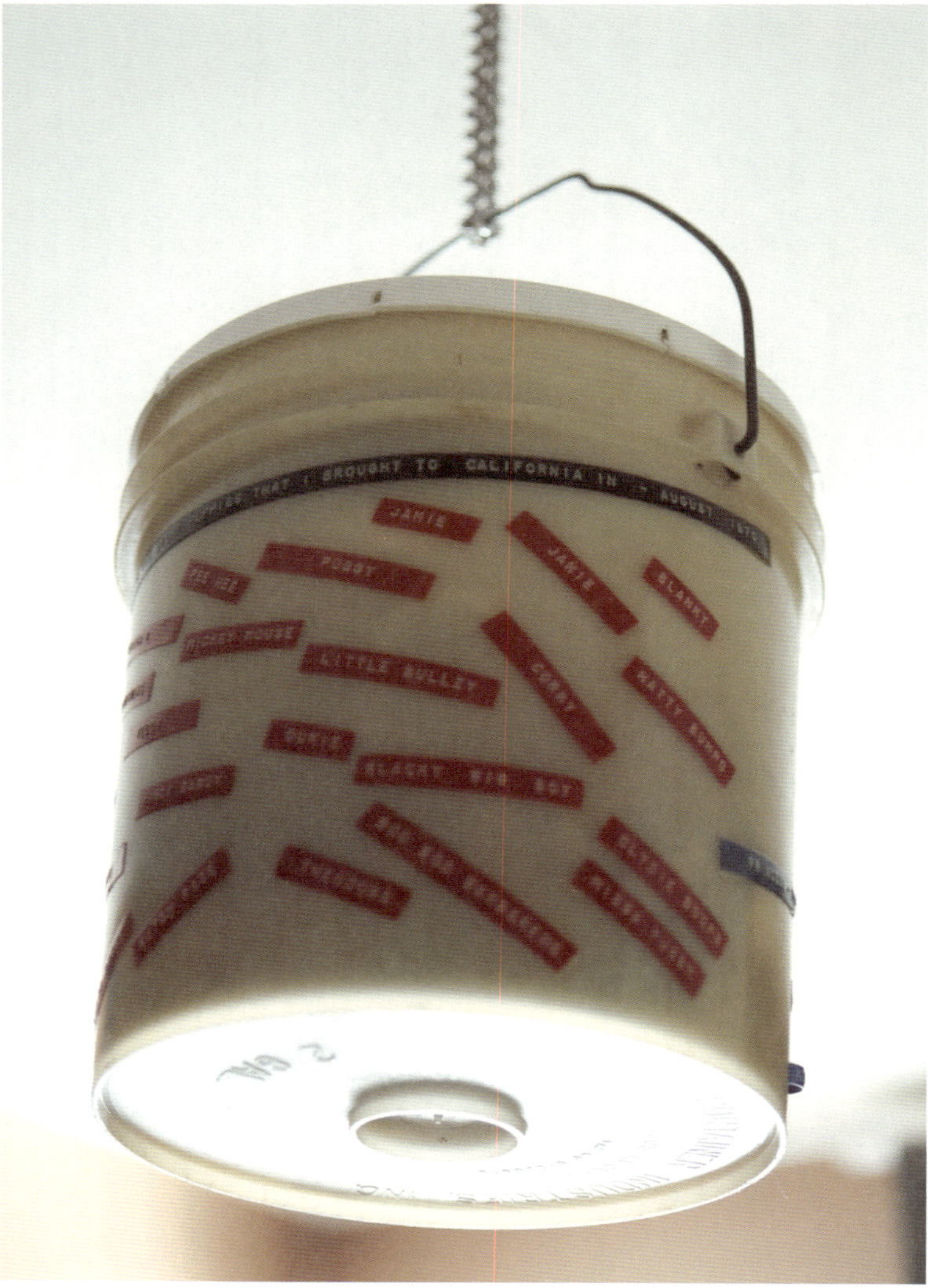
THAT I BROUGHT TO CALIFORNIA IN AUGUST
JAMIE
JAMIE
LITTLE BULLET

FOTO-KEM

ミランダ　ミランダです。
ジョー　ああ、ミランダ。
ミランダ　そちらは、お名前は？
ジョー　ジョーだよ。
ミランダ　ジョー。そうでした。あの、もうそろそろ失礼しないと、ずいぶんお時間とらせてしまって。わたしたちこれで――
ジョー　いやいいんだ。時間ならいくらでもあるから。

わたしたちはやっとのことで外に出ると、車の中でしばらくじっとしていた。だれもが無言で、そしてなぜかみんな泣きそうだった。アルフレッドは、これからはもっとガールフレンドに優しくするとか、そんなようなことを言った。わたしは自分が人生を十分には生きていないような気がした。一九二九年に生まれていたら決してしなかっただろうやり方で人生を無駄にしてしまった、そんな気がした。

にもかかわらず、このインタビューには死が充満していた。比喩ではない、本物の死。犬や猫たちの墓、彼が買い物を代行している未亡人たち、それに彼が何度も口にした彼自身の死――だがそれを彼は淡々と、まるでたくさんのことをやり終えなければならない期日か何かのように話した。わたしにはわかった。たぶんこの人は八十一年間ずっと自分の〈やることリスト〉を追いかけて、でもいつも追いつかなくて、だから何もかもが切実に輝いているのだ。今でさえ。今だからこそよけいに。誰かが去ろうとしている間際にその人と初めて出会うことの、なんという不思議さ。

わたしはその日のうちにもう一度ジョーに電話をかけた。深く考えてしまう前にそうした。途中でアルフレッドとビデオカメラをピックアップして、空港のそばの家をふたたび訪ねた。わたしは最初の出会いのシーンを再現したいとジョーに言った。わたしがドアをノックし、彼がわたしを中に入れる、そしてクリスマスカードの表紙絵をわたしに見せる。どう、いいですか？　うん、わかった。オーケー、じゃ、やってみましょう。

ジョーがドアを開けた瞬間、予想外のことが起こった。きっと予想どおりにはいかないだろうというわたしの予想は、いいほうに裏切られた。ジョーはアドリブをやってのけた。わたしが中に入ろうとすると、足元に気をつけてと言った。すぐにカードのところには行かず、ちょっと家の中を案内した。そして最初のときに見せきれなかったものをわたしに一つずつ指し示した。シーンの再現を忘れたわけではなく、ただ彼には彼のやり方があったのだ。わたしはやむなく途中で言った。「じゃあ、今からわたしが帰ろうとしますけど、前のとき引き止めてくれたの、覚えてます？」ジョーがうなずいた。「それをもう一度やってください。わたしを帰らせないで」。わたしがドアに向かって歩きかけると、ジョーが「まだ帰るには早いよ」と声をかけた。「あんたが見たこともないようなものを、これから見せてあげる」。

ジョーがペットのお墓を案内するシーンを再現するために、二人で庭に出た。「わたしたちの猫、パウパウっていう名前なんです」ジェイソンならそんなことを言うかもしれないと思い、わ

PRINCY

たしはそう言った。ジョーがけげんそうな顔をしたので、わたしは映画にパウパウという猫が出てくるのだと説明した。「それは湖からとった名前？」と彼が訊いた。わたしは「いいえ」と言い、実在の猫というわけではないのだ、もしかしたら映画の中でさえ実在ではなく、どちらかというとこのカップルの愛の象徴みたいなものなのだ、と説明しかけた。するとジョーが途中で言った。「女房と初めて出会ったのがパウパウ湖だったよ。六十二年前に」。

帰り道、わたしたちのビデオテープには、即興として始まりながら何度もくりかえし現実に近づき、結果小さなドキュメンタリーのようになったシーンがぎっしり収められていた。ジョーはわたしたちの注文に応じてくれたが、彼の人生はあまりに強烈で、あまりに並はずれて重く、あらゆるフィクションを超越していた。そしてわたしもそれに乗った。

彼の六十二年ぶんのロマンチックで卑猥なカードのことを考えていたら、胸のなかで何かがゆるやかにほどけていくのがわかった。自分の残りの人生について、もしかしたらわたしは計算ちがいをしていたのかもしれない。もしかしたら残りの人生は小銭なんかじゃないのかもしれない。いや、あるいは最初から最後まで全部が小銭だったのかもしれない。数えきれないくらいたくさんの小さな瞬間の寄せ集め——一つひとつの祝日も、バレンタインも、新年も、うんざりするほど同じことの繰り返しで、なのにどれ一つとして同じものはない。それで何かを買うことはできないし、もっと意味のあるものや、もっとまとまったものと引き替えることもできない。すべてはただ何ということのない日々で、それが一人の人間の——運がよければ二人の——不確かな記憶力で一つにつなぎとめられている。だからこそ、そこに固有の意味も価値もないからこそ、それは奇跡のように美しい。それは精緻でラディカルなアートそのものだった、まさにわたしがずっとやろうとしてきたような——あえて無意味であることを選び、ゆえにその人の生のすべてが反映されるような、そんなアート。

　ジョーと出会ったジェイソンが、わたしがいま味わっているこの目眩《めまい》のような感覚を味わうところを想像してみた。きっとわたしはこの経験を下手くそに再現するだろう。本物よりもちょっと不出来で面白くないものしか作れないのだろう。でもそれをわたしは〝村の役人ども〟の命令でやるのではない。それはもっと上のほうから、あるいはどこか深いところから、笑みを浮かべながらやってきた——そそのかすような、挑むような、不敵ですれっからしな小さな笑い。わたしは小さく笑い返した。

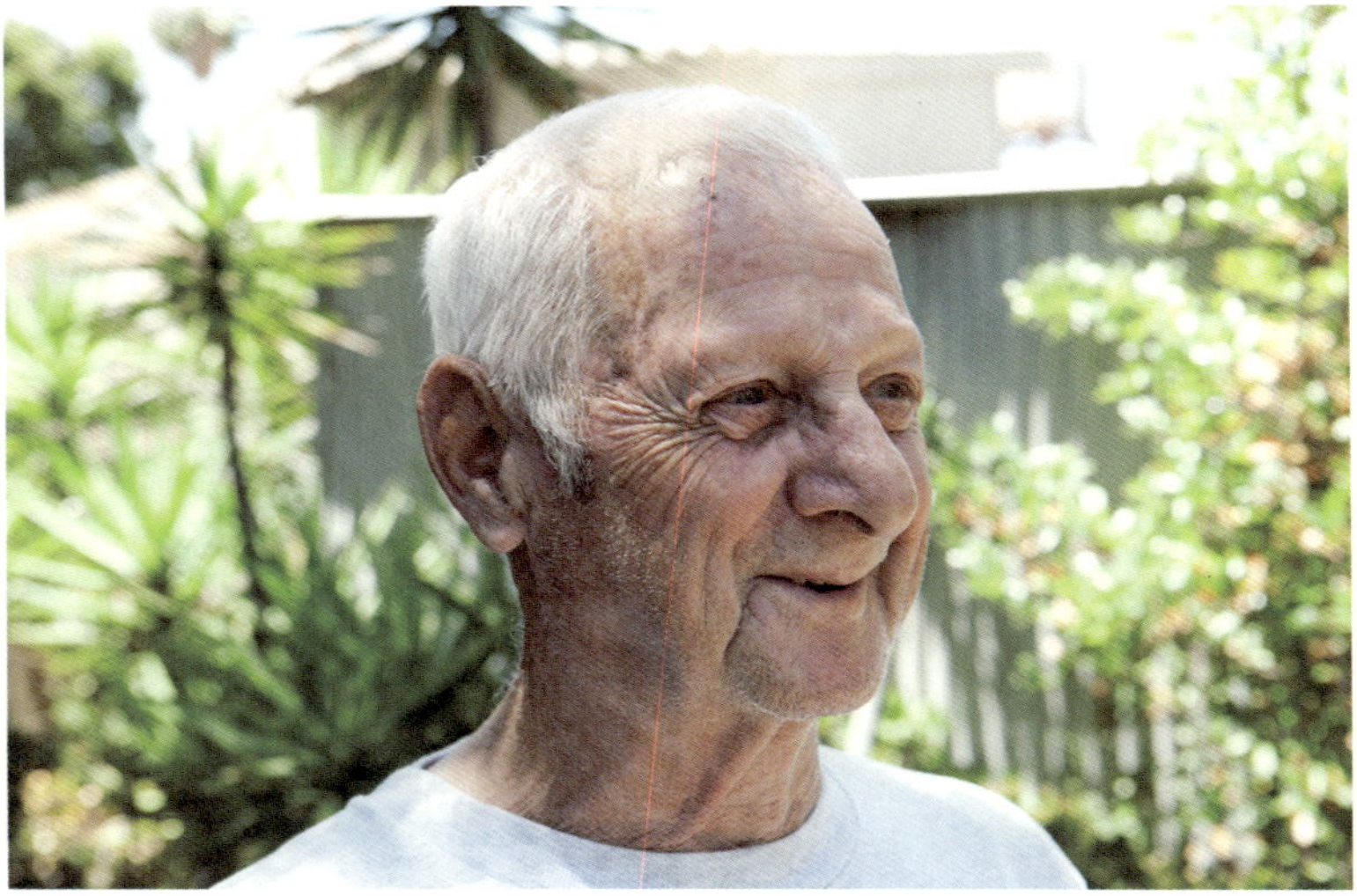

Shooting
撮影

ザ・フューチャー

ロサンジェルス

ジェイソン　向こうが僕を選んでくれるのを待つさ。僕はただ気をつけて、耳を澄ませていればいい。
ソフィー　でも、もし――
ジェイソン　しぃぃっ。いま聞いてるんだ。

もしもソフィーがわたしの中のいろいろな不安と、その不安に屈したらこうなるという悪夢の体現なら、ジェイソンは、その恐怖を追い払う好奇心と信念の体現なのかもしれなかった。わたしは脚本の冒頭に戻って、この向こう見ずで神だのみ的な性格をジェイソンに付け足した。彼が会うのはジョーだけ、『ペニーセイバー』の他の売り手たちとは会わない。そのかわりわたしがたどったのと同じ道のりを彼もたどる――どんなことにも意味があるはずと信じ、勘だけを頼りに行動し、最後には求めていた答えを手に入れる。ダイナにマチルダにロンにアンドルー、マイケル、パム、ベヴァリー、プリミラ、ポーリーン、レイモンドそしてドミンゴを映画に入れるのをあきらめるのは易しいことではなかった。でもこの人たち全員を一つのフィクションに入れるなんて無理だった。自分がそれまで書いていた世界がいかに小さかったかを、いまやわたしは痛いほど思い知らされていた。たぶんそれはわたしが頭のまわりにぎゅっとくくりつけていた、ボンネット・サイズのロサンジェルスだったのだ。もしも本当に出会った人たちすべてを出そうと思ったら、いつかノンフィクションのドキュメンタリーを作ることを考えるしかない（そしてその〝いつか〟はこうして現実になった）。

実際にジョーと交わしたやりとりを元に、わたしはジェイソンとジョーの簡単なシーンをいくつか書いた。ジェイソンとソフィーは、自分たちはいずれ死ぬという考えに取りつかれる。そこでジェイソンは人生の残り時間を運命の導くままに生きることに決め、まず一見なんの意味もない苗木販売のボランティア活動をやり、ついで『ペニーセイバー』の広告を見て電話をかける。ジョーの出てくるシーンは全部で三つだ。

（1）ジョーがジェイソンに古ぼけたドライヤーを売り（ここはダイナにヒントを得た）、準備ができたらもう一度訪ねてくるように、と謎めいたことを言う。

（2）ジェイソンがふたたび訪ねていくと、ジョーは妻に贈った手作りのカードを彼に見せ、卑猥な五行詩《リメリック》を朗読してみせる。それから自分の昔を振り返り、恋愛の始まりにはいろいろひどいことが起こるものだと言う。「僕らの始まりのときはそんなにひどいことは起こらなかったけど」とジェイソンが言うと、ジョーは「君らはまだ始まりの途中なんだよ」と答える。

（3）ジェイソンはさらにもう一度ジョーの家に行き、自分たちの家にあるのと同じ三匹のカバの小さな置物があるのに気づく。ソファも同じオレンジ色のソファ、壁には同じエッシャーの永遠に続く階段の絵。実際にあったパウパウと湖の偶然の話も入れたかったが、それだとやりすぎになる気がした。ちょっとしたビジュアルでさらっと流れていってくれるぐらいがちょうどよかった。それにエッシャーの絵は、自分がやろうとしていることに対する自己言及的なギャグでもあった――キッチュでシュール、それでいて大まじめ。ジェイソンが帰ろうとすると、ジョーはパウパウにと言って、バネの先にボールがついていてメトロノームのように左右に揺れる玩具をくれる。

三つのシーンは、二割を台本に沿い、残りの八割はアドリブでやる。ジョーにはテーマに沿って自由にしゃべってもらうが、いくつかのセリフはわたしがカメラの外から言って、その通りに繰り返してもらう。衣装はジョーの自前、撮影も彼の家でする。

こうして、おおよそ九十三回ほど書き直した脚本にスポンサーからのゴーサインが出たのは二〇〇九年冬のことだった。わたしはずっと、ゴーサインというのはどこかの太ったおじさんがデスクに座ってぽんとボタンを押すものだと思っていた。要は、そのおじさんがずんぐりした指を上げる気になってくれさえすればいいのだと。だが蓋を開けてみればそんなおじさんは存在せず、決定ボタンもなく、あるのはただ膨大な量の計算（それも主に引き算）で、それが目的を同じくする独・英・仏のいくつかの会社のあいだをメールで飛び交うだけだった。資金の大部分を出してくれるのはドイツの会社で、出資に際しては条件があった。撮影にはドイツ人スタッフを使い、その人たちのためにビザとロスでの住居をこちらで用意し、アメリカまで呼び寄せ、二十一日間で撮影を終え、全員をドイツに送り返すこと。そして出演者にはきちんとした市民権をもつ欧州系移民を一定数起用すること――つまりは脇役の大半は訛りのある英語をしゃべることになるわけだ。さらにもう一つ、撮影後はわたしがドイツに行き、冬のあいだそこに住んで編集作業をすること。いいでしょう《グレート》、とわたしは言った。本気でそう思った。わたしも含めて大スターが一人も出てこないうえに、役者の一人は元ペンキ職人という映画を撮ろうというのだ。文句は言っていられなかった。この世でもっともお金のかかる、だが結局はもっともわかりやすいメディアを使ってこんなに変てこなお話を語るのだから、これくらいのハンデは当然覚悟するべきなのだろう。ダンケシェーン、とわたしは言った。やりましょう。

　こうもジョーだのみの部分が大きくなってくると、ジョーという人の存在が、急にひどく頼りなげに思えてきた。彼はもちろんメールはやらないし、携帯も持っていなかった。家の電話番号をプロデューサーに教えたが、何度かけても彼は出なかった。とうとうアルフレッドが家まで様子を見にいくと、ジョーの家の電話は故障していて、修理する暇がなくてそのままになっていた。アルフレッドが新しい電話を買ってあげ、わたしも奥さんのキャロリンのために「レイジー・ボーイ」のリクライニング・チェアをプレゼントした。キャロリンは糖尿の持病があって、なるべく足を高く上げているよう医者に言われていたのだ。彼女と会ったことは一度もなかった。わたしにとってキャロリンは、何百もの詩に謳《うた》われた想像上のミューズみたいなものだった。彼女の〝パイパイ〟や〝おそそ〟については山ほど読まされたのに、彼女本人はいつも寝室のドアの向こうにいて、一度も姿をあらわさなかった。

撮影前のさまざまな準備はジョー抜きで進めた。ハミッシュ・リンクレイター（ジェイソン役）やデヴィッド・ウォーショフスキー（マーシャル役）とはリハーサルを重ねたが、ジョーだけはぶっつけ本番だった。台本も見せなかった。たぶん撮影当日もジョーはジョーのままで、どうやったってそれを変えることはできないし、だからこそ彼を起用したのだ。撮影の二か月前に行われた台本の読み合わせにも、わたしは彼を呼ばなかった。長くしんどい作業だったし、それで演技に関して悪い印象を持ってほしくなかった。ジョーのために書いた台詞はトム・バウワーという役者に代読してもらった。トムには「月」の台詞も読んでもらった。まだいくつかの役はキャストも決まっておらず、何人かの役者がかけもちで読み合わせをした。どうにかこうにかやり終えたあと、立ち会ってもらった友人に意見を聞いた。いろいろなことを言われたけれど、良くなったところもたくさんある、なかでも月の声もジョーにやってもらうというのは名案ねと言われた。その瞬間から、月はもうジョー以外に考えられなくなった。


撮影第一週のことは、できればあまり思い出したくない。もともと心配事があると痩せるたちだが、最初の一週間だけで三キロも体重が落ちた。およそ起こりうるありとあらゆるトラブルが起こった。唯一の救いは――それはわたしが一日の終わりに自分に言い聞かせていたことでもあった――死人が出なかったことぐらいだった。

その週の終わり、プロデューサーのジーナから大事な話があると言われた。ジョーのことだという。わたしは意気消沈した。いえそうじゃないの、と彼女は言った。ただロケ担当が家を下見に行ったとき、ジョーが言ったそうなの、ガンと診断されてあと二週間の命だって。ジョーのシーンの撮影は一週間後だった。ジーナはジョーと話し、彼はぜひやりたいと言ったが、決めるのはわたしだと彼女は言った。映画がらみの山積みのトラブルが瞬時に消し飛び、胸にはただ悲しみが、ジョーと彼の奥さんを思う締めつけるような痛みがあふれた。でもこうなった以上、彼にお願いするわけにはいかなかった。それはあまりに身勝手だったし、正直こわくもあった。

万事休すだった。わたしは撮影現場からジョーに電話をかけた。調子はいいよと彼は言い、そうね、よかったわとわたしは答えたが、自分が最善だと思うことを伝えた。「まあ、あんたがボスだ」ジョーはぽつりと言った。それは賑やかにマシンガントークを繰り広げるいつものジョーではなかった。七十年間ひたすら家にペンキを塗りつづけ、親方《ボス》に指図されるがままチームの一員として働いてきた男の声だった。きっと、いいボスばかりではなかっただろう。

その週末、わたしは一室にこもり、何人もの年配の俳優がジョーの台詞を言うのに立ち会った。身も心もぼろぼろで、オーディションのあいだ泣かずにいることだけが個人的な目標だった。ジョーという役の肝はジョーだった。わたしが書いた台詞に意味なんてなかった。ジョーのアドリブがそこに入るという、ただの目印にすぎなかったのだから。たとえこの老優たちがアドリブをしても、それは彼らの人生を――つまり役者ひとすじに歩んできた人生を――映したものにしかならないだろう。彼らに魅力がなかったわけではない。ただ、彼らのなかに妻とパウパウ湖で出会った人は一人もいなかった。

ひときわよぼよぼした一人が危なっかしく台本読みを終えたあと、わたしはジーナにこぼした。ねえ、同じ八十歳でも、これならジョーのほうがよっぽど元気そうじゃない。もしかしたらこの人たちだって、みんなガンで余命二週間かもしれない。それに、あとで気づいたことがあった。きっとジョーは、出演料および家のレンタル料としてわたしたちから支払われるはずだったお金を当てにしていたにちがいない。わたしは彼の人生にいきなり乱入して、期待させるだけさせておいてから、肩すかしをくわせてしまったんじゃなかろうか。彼を見殺しにしてしまったのではなかろうか。

実りのないオーディションを終えたその日、わたしは夫に、ジョーに会いに行くからいっしょに来てほしいと頼んだ。自信がなかったのだ。わたしと夫はジョーの家のリビングを行ったり来たりしながら、映画の撮影というのがどういうものかをなるべく具体的に説明しようとした。「撮影の一日って、すごく長いの」とわたしは言った。「十二時間とか、十四時間ぐらいかかることも」。「あと、人も大勢ここに来ます」夫はそう言って、狭い部屋を見まわした。「軍隊に家を占領されたみたいな感じになります」。「カーペットを汚されちまうかね?」ジョーが質問した。「いえいえいえ」とわたしたちは言った。「だいじょうぶ、床にゴムマットを敷きつめるから」。わたしたちは細々としたことを何もかも説明し、ついに何も言うことがなくなった。言うべきことは、あと一つだった。「あの、」わたしの声は震えていた。「わたし、やっぱりあなたと仕事がしたいです。あなたさえよければ」。「ああ、もちろん」とジョーは言った。

わたしたちは奮発して、二台のカメラをフルで回しつづけた。ジョーに一度やったことをもう

一度繰り返してもらうのは大変だったので、一つのシーンを引きと寄りの両方で撮ることにしたのだ。それから会話がうまくお話につながるように、ハミッシュの受けの演技を何通りか撮った。ハミッシュに古いドライヤーを売ってくれるようにジョーに頼むと、ジョーはベテランの演じ手さながら、すばらしく愉快でリアルなアドリブをやってのけた。そのかわり決まった台詞をその通りに言ってもらうのはひと苦労で、とくに難航したのは「君らはまだ始まりの途中なんだよ」というくだりだった。その日は猛烈に暑く、部屋が人でごった返すなか、ジョーの撮影はえんえん何時間も続いていた（そのうちのかなりの部分は飛行機が通りすぎるのを待っている時間だった）。何度も何度も繰り返すうちに台詞はもはや意味を失い、それでも言いなおしてくださいと頼みつづけるのはつらかった。五十回くらい撮り直しただろうか、彼は嫌な顔ひとつせずに、でも毎回豪快に言いまちがい、そのまま自分の新婚時代の思い出話を驚くほどの記憶力で語りだした。何十回めかのあるテイクで彼はこう言った――「君らの始まりはまだ終わっていないんだ」。それは元の台詞よりもずっと明確で素敵なイメージだった――始まりの中にも始まりがあり、真ん中があり、終わりがある。

　十四時間におよぶ撮影が終わったときもジョーは元気いっぱいで、わたしたち、とりわけきれいな女の子たちが帰ってしまうのをひどく残念がった。さらに二週間が経っても彼はまだぴんぴんしていて、家をあちこち修繕していた。撮影後、わたしは大急ぎで彼のシーンを編集し、月の台詞のアフレコをやってもらった。それでもまだジョーは死ぬ気配がなかったので、わたしもだんだん気がゆるみ、映画をああでもないこうでもないといじくり回すのに合わせて、何度も彼に録音のやり直しをお願いした。ある日の録音に、わたしはラップトップを持参した。コール・アンド・レスポンスで録音する前に、そのシーンを映像で確認しておこうと思ったのだ。ジョーがパソコンの画面に映った自分の姿をとまどったように見つめていた。「自分が映ってるのを見るのって、変な気分でしょ？」わたしはそう言って彼から見えないように画面の向きを変えた。「私、ずいぶん年寄りだったんだな。気がつかなかったよ」とジョーは言った。

最後の収録の終わりぎわ、わたしはジョーに、これまでのこと、いっしょにやってきたことについて、自分の言葉で振り返ってみてほしいとお願いした。

ジョー　六年ほど前に、心臓発作で倒れた知り合いからクリスマスカードを五万枚買い取ったんだ。それで『ペニーセイバー』にカードを売りますという広告を出したら、あんたが来てドアをノックして、広告を見たと言った。そしたらあんたが本当はこういうことをやりたいと言い出して、私にやってくれるかと訊ねたんだ。

ミランダ　なぜやろうと思ったの？

ジョー　まあ、私は新しいことが好きだからね。いっちょやってみよう、やってみたら面白いかもしれんと思ったんだよ。

ミランダ　で、どうだった？

ジョー　あんたはとてもやりやすかったよ。こうしたいと思ったら、立ち止まってどういうふうにしたいか考えて、決めたらぱっとやる。この先、アルバイトでこんなことをやっていけたらいいんだろうが。でもまあ、大スターにはなれそうもないな。

ミランダ あなたの家で撮影をした日のことは、どうです？

ジョー あの日はちょっとせわしなかったな。でも猫たちにエサをやるので、朝はいつも五時半とか六時に起きるんだ。みんな近所の家の猫で、うちのじゃないんだがね。うちの猫はみんな死んでしまった。それから手伝いの人たちが車を停めている駐車場に行って、そこで朝めしをもらった。コーヒーとか、ドーナッツとか、そんなもの。で、また戻ってきた。だがそこからだんだんせわしないことになって、人がおおぜい何もしないでただ家の中に立っていて、あれはいったい何をする人たちだったのかね。その人たちには寝室のほうには入らないように何度も念を押さなきゃならなかった。大事な書類がしまってあって、まちがいがあると困るからね。だがまあそれをべつにすれば、あとはみんな良かった。

ミランダ ハミッシュとは、やってみてどうだった？

ジョー ハミッシュとはとても気が合ったよ。うちに来たときから最後に帰るときまで、ずっと楽しくやれた。驚きだったね、あんな大スターがこんな小さい仕事をするなんて。まあでもきっとこの映画は大ヒットするよ。アカデミー賞まちがいなしだ。

ミランダ いちばん最近映画を観たのは、いつ？

ジョー 私らはもうあんまり映画には行かないんだ。料金が値上がりしてしまったからね。最後に映画館に行ったのは一九六九年の十月だった。成人指定の映画で、六〇年代のしまいごろからそういうのが始まったんだが、その走りだった。屋外の劇場で——名前はちょっとすぐには出てこないが。ところがそのへんの道路にずらっと車が停まっていて、子供たちが何百と屋根の上に立ちあがってみんな見物しとった。タダ見を決めこんでいたんだな。みんな大人の世界を知りたくて興味津々だったんだろう。

わたしはドイツで映画を仕上げ、帰ってきたのは感謝祭の前日だった。そして感謝祭の翌日、ジョーに電話をした。すると奥さんのキャロリンが出て、ジョーは二日前に亡くなったと言った。

わたしはショックを受け、何度も何度もそう言い、キャロリンとは話をするのがそれが初めてだったのに、いっしょに声を上げて笑ったり泣いたりした。影みたいにはかなげな人を想像していたが、全然ちがった。キャロリンはざっくばらんでエネルギッシュで、低くしっかりした声をしていた。わたしたちはジョーのことで冗談を言って笑い、笑っているあいだそのことを忘れ、また思い出して泣いた。でもわたしはその間ずっと、早く電話を切らなきゃと思っていた。いまこんなふうに彼女と話をするのはひどく差し出がましい気がした。だってわたしはいったい何様なのだろう。彼女の夫が『ペニーセイバー』に出した広告を見て電話してきただけの、ただの通りすがりだ。だが彼女はジョーの最期について話したいと言った。「主人はベッドで寝ていて、わたしはキスをして、ちょっといじってあげて、それからちょっとのあいだだけ部屋を出て、帰

ってきたらもう逝ってしまっていたの」。わたしはあいづちを打ちながら、心の中で考えていた。〝いじった〟？ 臨終のまぎわに奥さんに手でしてもらったということ？ わたしは例のエッチなカードを思い出し、あり得る話だと思った。それからキャロリンは「スカーボール・センターの親切なユダヤの人たち」が来てくれて、遺体を清めたり、その他のいっさいを取り仕切ってくれた話をした。こんなはずじゃなかった、彼女はそう言って涙声になった。わたしのほうが先に死ぬはずだったのに。

二週間後、わたしはブリジットといっしょにキャロリンを訪ねた。ジョーのいないこの家にいるのは不思議な気分だった。ひどく静かだった。それにもちろん、キャロリンも前みたいに寝室に閉じこもってはいなかった。「主人を見たい？ そこにいるのよ」彼女はそう言って、わたしの背後を指さした。わたしはよくわからないまま恐怖に固まった笑いを浮かべ、そうっと、そうっと振り返った。「そこのペンキ缶のなか。ずっとペンキ一筋の人だったでしょう。それにじっとしてるような人じゃなかったから。だからあの人を缶に入れて、ここでいつでも会えるようにしたの。どこか遠くの……お墓の中なんかじゃなく。息子にも言ってあるのよ、『あたしが死んだらこの中に入れて、お父さんといっしょにしてちょうだい』って。そしたら『本気かい？』って言うもんだから、『もちろん本気よ！ 決まってるじゃない。もしも入りきらなかったら、もっと大きい缶を見つけてきて』って言ったのよ」。

キャロリンとわたしは家の中を歩きまわり、二人の思い出の品々を一つひとつ見ながら話をした。わたしは夫の理論上の死を想像し、彼に先立たれて今の家に独りぼっちで暮らしている自分を思い描いてみた。耐えられないぐらい悲しかった。あまりに悲しすぎて、以前のあの脚本を書くのに使っていた穴ぐらに戻ってしまうかもしれなかった。彼と出会う前のまま時間の止まったその部屋で、三十歳からもう一度人生をやり直す。ついにあの白インゲン豆でスープを作り、一人で座ってスープを飲み、そして一人きりで眠りにつく。まるで夫と過ごした時間が長いひとつながりの一日だったみたいに。

ブリジットはキャロリンの写真を撮りながら、なんだか幸せそうに見えますね、と言った。キャロリンは、ええそうよと言い、それからこう言った。「だって不幸な人間でいるのは良くないことだもの。ドロシーがね、いつもそう言うの。わたしのお友だち。ドロシーのことはもう話したわよね。七十三年間ずっと仲良しなのよ」。

その数字を聞いて、わたしは自分の悲しい物語から急に我にかえった。「じゃあジョーよりも古い付き合いということ？」

「そうよ」とキャロリンは言った。「だって七歳の時からずっとだもの」。

ジョーとキャロリンのウェディングケーキのてっぺんを飾っていた小さな花嫁と花婿に、わたしはガラス瓶ごしにそっと触れた。その結婚式にはドロシーもいた。きっと親友にライスシャワーも投げただろう。それで、それからどうしただろう？　その後の彼女はどんな人生を送っただろう？　できることならいますぐ電話をして訊いてみたかった。この世界には無数の物語が同時に存在していて、ジョーとキャロリンもその一つに過ぎないのだと思うと、なんだか胸が苦しかった。きっと、だから人は結婚するのだろう——物語るに足るフィクションを作るために。登場人物を誰もかれも入れることができないのは、なにも映画にかぎったことではない。他ならぬわたしたちがそうなのだ。人はみんな自分の人生をふるいにかけて、愛情と優しさを注ぐ先を定める。そしてそれは美しい、素敵なことなのだ。でも独りだろうと二人だろうと、わたしたちが残酷なまでに多種多様な、回りつづける万華鏡に嵌《は》めこまれたピースであることに変わりはなく、それは最後の最後の瞬間までずっと続いていく。きっとわたしは一時間のうちに何度でもそのことを忘れ、思い出し、また忘れ、また思い出すのだろう。思い出すたびにそれは一つの小さな奇跡で、忘れることもまた同じくらい重要だ——だってわたしはわたしの物語を信じていかなければならないのだから。たぶんわたしは人生の最後の独りの時間を、自分の小さな穴ぐらで、スープを飲んで黒い服を着て過ごしたりはしないだろう。夫なしで、夫といっしょに作りあげた物に囲まれて生きていくだろう。悲しくないわけではないけれど、ただ不幸なだけでもなく。

　キャロリンが写真のアルバムを片付けはじめたので、そろそろ失礼するべきだと思った。でも一つだけ、確かめたいことがあった。

「あの、もしかしたらわたしの聞きちがいだったのかもしれないけれど、最初に電話でお話ししたとき、彼が亡くなる少し前、あなた彼にキスをして、それから何をしたって言いましたっけ？たしか何かをして、それから他の部屋に行ったって……彼を、いじった《ディドル》？」

　キャロリンは記憶をたぐり寄せるように宙を見つめた。「あたし、主人を寝かしつけるのにあたふた《ディザー》しちゃって。あの人お鼻が冷たくて、まるで犬みたいねと言ったの。毛布を何枚もかけてたから——とってもあたたかな毛布でね、だから体の他の部分はぬくかった。なのに鼻だけと

ても冷たくて、だから言ったの、『まあなんて冷たいお鼻なの、まるでワンちゃんだわね』って。

それから部屋を出たの」。

THIS IS THE FIFTY NINTH VALENTINE'S DAY TOGETHER * (2-14-2007)
(FIFTY SEVEN WHILE MARRIED)

On Valentine's day we always had goodies for the kids
And if one got more cards,the other blew their lids
We always tried to do thingson holiday's,just to have it nice
But some years we did not have much,but it always did suffice
Most families did'nt even celebrate,they just let it go
But our kids should have had the memories,even just for show
Maybe they thought they were deprived,and were pissed off't
And when you think about it,I guess we were too soft
Now they are middle age,and growing really old
And when they look in the mirror,it turns their blood kind of cold
I think our kids don't care,or think too much of us
But we did our best,that we could,but it makes you want to cuss
Some times I just forget about it,and erase it out of my mind
But when they need us again,they will be in a big bind
We have our own life,and we must carry on
And in life we all have ups and downs,and we know that we have won
We always did with out,so we could give the kids a nice life
So in their lives,they would not have lots ofstrife
In our life we had problems,we did not expect or need
But we had to solve them,or trouble that you did not heed
We never see our kids on holidays,or any time of the year
And in an emergency,from them you would not hear
We are getting to old,to have closeness that we have lost
Our years have gone by,and the past happiness is gone at a big cost
Now that we are getting older,our ideas must come first
And if we do not think this way,our fate will be the worst
We don't ask anybody,for help in any way
And most people we know,would'nt give us the time of day
It was nice that Dorthy and BOB,helped us out
But to ask any one else,I really have a doubt
We now know that we have nobody,to depend on
So that means that we,must see that we have great bond
So have a very nice Valentine's day
And we are alone and together,too stay

From:Pa and all of the puppies and kitties

Our relations together ,are real strong
And we hope tha nothing,goes really wrong
We hope that neither one of us,gets real sick
And that our health,does really click
So we hope god,makes our life nice and long

When you are young,your body looke nice
But with age,it starts to pay a price
And they say youth,is wasted on the young
Though it depends,how that song is sung
But in the eye of the beholder,that should suffice

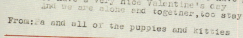

Valentine's day,comes but once a year
And when looking for romance,you don't want a queer
So if you can't get sex,or at least a date
You must try real hard,because it is never to late
So just pop open a six pack,and have a cold beer

Cupid tries to hand out sex and love all the time
And when you push lots of glamour,thats not a crime
You get pretty women,and some really nice beaut's
That prance around in real tiny bathing suits
And they will all make love,for only a dime

This cute girl only liked oral sex,all day long
And the guys dick,could'nt be very long
So they both took OFF all of their clothes
Then while going to town,he did [redacted] doze
And when he got to big,she cut off,half of his dong

This nymph liked to be screwed by lots of guys
And she would have sex,for a large bag of fries
She had a very large cunt
And in size,he was only a runt
So he stuck in his head,and popped out his eyes

This big sexy girl,was tremendously hot
And she had a really warm twat
He was doing oral sex,to really please
Then his stuffy nose,made him sneeze
And in nine months,she had a seven pound snot

謝辞

以下の方々に感謝を捧げます。このアイデアが生まれたときにいいねと言ってくれたジェシ・ピアソン。親身に話を聞いてくれた出版エージェントのサラ・チャルファント。十七段階の「やることリスト」を作ってくれたエリ・ホロヴィッツ。書き終えるための勇気をくれたスターリー・カイン。そして私のアシスタントという立場を超えて、ジョーとキャロリンにとびきりの心遣いをしてくれたアーロン・ベッカムにも、この場を借りて心からのお礼を。

訳者あとがき

短編集『いちばんここに似合う人』から四年、待ち望まれたミランダ・ジュライの二つめの著作は意外にもノンフィクション、それもフォト・ドキュメンタリーだった。彼女が見ず知らずの一般の人々の家に出かけていって話を聞いた、インタビュー集だ。

自ら脚本・監督・主役をつとめた長編デビュー作『君とボクの虹色の世界』が大きな評判を呼び、カンヌ映画祭でカメラ・ドールほか四つの賞をとってから四年後の二〇〇九年、ジュライは二作めの映画の脚本が書けずにもがき苦しんでいた。何度書き直しても正解が見えず、あまりの苦しさに書くことから逃げて、ネットにおぼれる日々だった。

そんな彼女のささやかな楽しみが、毎週火曜日にジャンクメールに混じって郵便受けに届く『ペニーセイバー』だった。アメリカの主要な都市で無料配付されている粗悪なザラ紙の小冊子で、中にはいろいろな人の「売ります」広告がずらりと並んでいる。イーベイなどのネット取り引きに押されて今や絶滅寸前のこの媒体を、彼女は執筆の息抜きに隅から隅まで熟読する。そのうちに、それらの広告の背後にいる人々のことが気になりだす。いったいどんな人たちなのだろう。どんなふうに暮らし、何を夢見、何を恐れているのだろう。ついに好奇心を押さえきれなくなった彼女は、黒の大きな革ジャケットを十ドルで売りに出している人物に電話をかける。そして彼の家で話を聞かせてもらえないかと申し出る。

これが彼女の〝ミッション〟――『ペニーセイバー』に広告を載せている人たちに片端から電話をかけ、インタビューさせてくださいと頼む――の幕開けとなった。たいていは即座に断られたが、ごくたまにOKしてくれる人がいると、カメラマンとアシスタントを伴い、ロサンジェルスのどんな辺鄙なところへでも車で出かけていった。

そのようにして彼女はじつにさまざまな人たちと出会うことになる。家の庭でウシガエルのおたまじゃくしを育てている高校生男子。ガレージセールで赤の他人の写真アルバムを買い漁るギリシャ移民の主婦。いろんな珍獣を育てて家の中が動物園化している女。足首にGPSをつけられた、子供向けの本を売る男……。

一つ一つの出会いは彼女に衝撃をもたらす。その衝撃とは、バーチャルではない生《なま》の人間、つまりは「現実」に触れた衝撃だった。『ペニーセイバー』に広告を出す彼らは、パソコンをもたない人々だった。ほとんどネットの世界に住んでいた彼女にとって、検索でもSNSでもたどり着くことのできない彼らは、本来なら出会うことのない人々、存在しない人たちだった。〈いま、わたしの目の前に本物がある〉――一番めの革ジャケットの男性に会ったとき、彼女はそう思う。〈革の表面に触れた瞬間、目まいのような感覚に襲われた。現実のものと触れあったときに、たまにこの現象が起きる。デジャヴに似ているけれど、前にも一度これを経験したという感覚ではなく、今はじめてこれを経験しているんだ、それまでのことはぜんぶ頭の中のことだったんだ、という思いに打たれるのだ〉。インドの衣装を一枚五ドルで売るインド人女性と会ったときには、現実世界は「ズシン」という衝撃波となって彼女を襲う。〈それはわたしがボンネットみたいに頭にかぶって顎の下でぎゅっと結わえつけているちんまりしたニセの現実が、巨大で不可解な本物の現実世界に取って代わられる音だった。一人ひとりの人間を、その人たちの物語バージョンとすり替えてしまわないよう、わたしはつねに自分を見張っていなければならない〉。

　かくして彼女のミッションは、ネットの世界から出て、現実の手触りを取り戻すための旅になる。彼女と写真家のブリジットとアシスタントのアルフレッドが隊列を組んで、ロサンジェルスの見知らぬエリアをあちこちさまよう姿は、まさにＲＰＧの冒険《クエスト》の旅のようだ。フィクションの王国を出て、リアルの賢者たちの話を聞くために。それが八方塞がりの今の状況を打破してくれるかもしれないという直観に導かれて。

　次から次へ見知らぬ人と会いつづけるうちに、停滞していた映画も少しずつ前進を見せはじめる。本書はインタビュー集であると同時に、一つの映画が紆余曲折の末に完成するまでのドキュメンタリーでもある。映画からの逃避のつもりで始めたミッションが、いつしか映画を動かすための原動力になり、やがて二本の縄を綯《よ》りあわせるように、二つの活動は一つに収束していく。そして冒険の旅の最後に、現実世界は彼女に思いがけないプレゼントをする。独特老人・ジョーとの出会いだ。彼の強烈なキャラクターに打たれたジュライは急遽シナリオを書き変え、ジョーを本人役で映画に登場させる。そしてジョーは、まるで最初から彼のために書かれた映画でもあるかのように、すばらしい名演を見せる。

そこから先の撮影そして映画の完成までの展開は、それこそまるで映画を観ているようで、息もつかせない。そして最後の最後に待ち受けているさらなるドラマには、まったく現実ってやつは……と、目頭が熱くなるのを抑えることができない。

映画『ザ・フューチャー』は、時間とその中に閉じ込められた人間たちの物語だ。三十代なかばのカップル、ジェイソンとソフィーは、けがをした年寄り猫をシェルターから引き取ることに決める。ところが半年ほどの命だと思っていた猫が、じつはあと五年生きるかもしれないと知らされる。五年間を猫の世話に明け暮れ、終わったときには二人とも四十、何かをするには手遅れの年齢だ。そう気づいた二人は即座に仕事を辞め、猫を引き取るまでの三十日間という期限つきの自由時間で〝本当にやりたかったこと〟をして過ごそうと決める。

本書『あなたを選んでくれるもの』の中でも、時間は隠れたもう一人の主役だ。ジェイソンたちと同じ三十五歳のジュライは、冒頭からずっと時間を脅威に感じ、「残された時間」への強迫観念に取りつかれている。〈かくして、わたしの時間は時間を計算することで明け暮れていった〉あるところで彼女は言う。〈失敗したり、訳もわからず何かをしたりする時間は、今のわたしにはもうないのだ〉。

映画の中のジェイソンとソフィーも、限られた時間枠の中でそれぞれにもがき、行き詰まる。ソフィーはダンスで自己表現しようとするが挫折し、そんな自分と向き合うことから逃げて年上の男と関係をもつ。彼女から別れを切り出されたジェイソンは時間を停めるが、結局それでは何も解決したことにならない。人間は、時間を敵に回してもけっして勝てないのだ。

『ペニーセイバー』の人々とインタビューを重ねるうちに、時間とジュライの関係も変わりはじめる。四十を過ぎたら残りの人生はもう〝小銭〟だと信じていた彼女が、最後に時間と和解し、時とともに朽ちていく体の中で生き、愛し、老いていくことを受け入れるくだりは美しく、感動的だ。


最後に補足をいくつか。

完成した映画『ザ・フューチャー』は二〇一一年七月にアメリカで公開され、その後二〇一三年に日本でも公開された。訳者も何度か観たが、前作『君とボクの虹色の世界』よりひとまわり大人びた、地味なトーンの、だがまぎれもない傑作だった。ことにジュライ自身が演じるソフィーが、本当の自分を偽ることにも挫折し、Tシャツをすっぽりかぶって魂のダンスを踊るシーンは心ふるえる名場面だ（ちなみにジュライ自身、同じような安全毛布がわりのTシャツを持っていて、旅行に行くときも必ず持っていき、掃除の人にゴミとまちがえて捨てられないように、注意深くスーツケースの中にしまっておくのだそうだ）。

この本の中でも触れられているとおり、ミランダ・ジュライは同じく映画監督のマイク・ミルズと二〇〇九年に結婚し、『ザ・フューチャー』完成後の二〇一二年に長男を出産した。二〇一五年一月には初の長編小説 *The First Bad Man* を発表、孤独な中年女性と、彼女の家に転がりこんだ傍若無人な若い女が不思議な擬似家族を形づくるというストーリーで、前作『いちばんここに似合う人』の最後を飾る「子供にお話を聞かせる方法」のゆるやかな発展形ともいうべき話である。

また一四年八月には、スマートフォン用のアプリSomebodyを発表した。これは一種のメッセージ送信アプリなのだが、たとえばユーザーAさんが知り合いのBさんにメッセージを送信すると、そのメッセージは直接Bさんには届けられず、Bさんの居場所のいちばん近くにいる別のユーザーCさんに届けられる。Cさんはアプリに表示された顔写真と名前を手掛かりにBさんを探しだし、Aさんの代わりに口頭でメッセージを伝える（送り手は「泣きながら」とか「ひざまずいて」とか「ハグする」なども指定できる）。これは、ある日友人たちと話をしていて、「歌う電報」のアプリ版があったら面白いんじゃないかと誰かが言ったことから生まれたアイデアだと彼女は言う。歌う電報サービスのメッセンジャーが見ず知らずの他人に情報を伝えるように、出会うはずのなかった人どうしがテクノロジーを通してつながる、そんな方法があればいいのに、と（「WIRED」）。これは実際には実用のツールというより一種のアートであるが、「見知らぬ他人どうしがつながる」というコンセプトは、彼女が小説でも映画でも、また本書でもくりかえし追求してきたテーマであり、じつにミランダ・ジュライらしいと言える（アプリの使用法を説明したストーリー仕立てのショートムービーを、somebodyapp.com で観ることができる。この中で彼女は、一人でレストランで食事をしていたら、刑務所の中にいる恋人からのプロポーズの言葉をウェイトレス経由で伝えられ、涙ながらに「イエス」と答える女性の役を演じている。だが恋人は終身刑なのだ）。

最後になったが、本書を翻訳するにあたっては多くのみなさんにお世話になった。訳出上の疑問に丁寧に答えてくださったジェームズ・ファーナーさん。アメリカの法律について教えてくださった菅沼真美子さん。『ザ・フューチャー』の字幕を担当され、映画についてご教授くださった西山敦子さん。原稿を丹念にチェックしてくださり、アドバイスと励ましをくださった新潮社の佐々木一彦さん。本当にありがとうございました。

二〇一五年七月

岸本佐知子

It Chooses You
Miranda July

あなたを選《えら》んでくれるもの

著 者
ミランダ・ジュライ
訳 者
岸本 佐知子
発 行
2015年8月25日
5 刷
2024年6月25日
発行者 佐藤隆信
発行所 株式会社新潮社
〒162-8711 東京都新宿区矢来町71
電話 編集部 03-3266-5411
読者係 03-3266-5111
http://www.shinchosha.co.jp

印刷所
株式会社精興社
製本所
大口製本印刷株式会社

乱丁・落丁本は、ご面倒ですが小社読者係宛お送り下さい。
送料小社負担にてお取替えいたします。
価格はカバーに表示してあります。

ISBN978-4-10-590119-6 C0397

いちばんここに似合う人

No one belongs here more than you.
Miranda July

ミランダ・ジュライ
岸本佐知子訳
孤独で不器用な魂たちが束の間放つ、生の火花。
カンヌ映画祭新人賞受賞の女性映画監督による、
とてつもなく奇妙で、どこまでも優しい、16の物語。
フランク・オコナー国際短篇賞受賞。

CREST BOOKS

地上で僕らは
つかの間きらめく

On Earth We're Briefly Gorgeous
Ocean Vuong

オーシャン・ヴォン
木原善彦訳

生きることの苦しみと世界の美しさと。
ベトナムから太平洋を渡った一家三代の
苦難の歳月を母への手紙に綴った、
才能あふれる若手詩人の初長篇小説。

CREST BOOKS

オスカー・ワオの
短く凄まじい人生

The Brief Wondrous Life of Oscar Wao
Junot Díaz

ジュノ・ディアス
都甲幸治・久保尚美訳

オタク青年オスカーの悲恋の陰には、カリブの呪いが――。
マジックリアリズムとサブカルチャー、英語とスペイン語が
激突して生まれた、まったく新しいアメリカ文学の声。
ピュリツァー賞、全米批評家協会賞ダブル受賞作。

CREST BOOKS

ハムネット

Hamnet
Maggie O'Farrell

マギー・オファーレル
小竹由美子訳

名作「ハムレット」誕生の裏に、
400年前のパンデミックによる悲劇があった——。
史実を大胆に再解釈し、従来の悪妻のイメージを覆す
魅力的な文豪の妻を描いた全英ベストセラー。

CREST BOOKS

大いなる不満

The Great Frustration
Seth Fried

セス・フリード
藤井光訳

なぜか毎年繰り返される、死者続出のピクニック。平均寿命一億分の四秒の微小生物に見る叡智――。ねじれたユーモアと奇想が爆発するデビュー短篇集。プッシュカート賞受賞作二篇を含む十一篇。

CREST BOOKS